続 らん・ラン・RUN

楽しく旅して18年

上岡積

はじめに

１９９７年３月、定年退職を機に、20数年続けてきたランニングのまとめとして、「らん・ラン・ＲＵＮ」（以下「ラン」とする）を書いた。

超肥満体を持て余して始めたランニングであったが、走り始めからそれが生活に根付く過程、各地の大会に参加した時の模様、仲間との交流などを描いた。ランが嵩じて、トライアスロンやウルトラマラソンにまでのめり込んで行った記録でもある。20数年にわたる私の生活史の一側面といってもいい。次は20年後に、同様のものを書く予定をしていたが、その続編がこの「続 らん・ラン・ＲＵＮ」（以下「続ラン」とする）である。ある事情で２年早く書くことになった。

これからは練習や大会参加への時間は十分ある。現職中は行けなかった海外の有名大会・ニューヨークシティマラソンや、サバイバルレースともいえるギリシャのスパルタスロン（ギリシャからアテネまで２４６㎞を制限時間36時間以内に走破するウルトラマラソン）などにも、トレーニング次第では参加できる。それらの大会の模様などを記録すれば面白いものになると、張り切っていた。

ところが退職を前に変形性膝関節症になって、その後1、2年は歩くのがやっとという状態で、ランニングどころではなくなった。プールに通い、水中ランニングなどで脚の筋肉を鍛え、ジョギングくらいはできるほどには恢復したが、2、3日ランニングを続けると痛くなるので無理はできない。以後、大会参加は安芸タートルマラソン一つに絞り、各種のサバイバル大会参加の夢はついえた。

最近は、ツール・ド・モンブラン（アルプスの最高峰モンブランの麓、アップダウンの峠道を一周するトレッキングコース）を走る大会や富士の裾野の山道を走るレースなど、私の好みにぴったりの大会が多くなったが、指をくわえて眺め、悔しさを味わっている。もっとも年だから、脚がよくなっても完走は無理だが、途中までの参加はできただろう。

退職してから10年あまり、森林ボランティア、森林インストラクター活動に精を出した。それも卒業した今は、山登りや旅行に活路を見出している。したがって、この「続ラン」は、旅、山登り、海外旅行の記録や、そこで見聞きしたことなどをエッセイ風にまとめたものがほとんどで、ランニングの影は薄い。羊頭狗肉と言われても仕方がない。また、章によっては本題以外の前置きが長いが、「続ラン」で自分史の一部も書き留めたいという意図もある。

ともあれ、その後の18年をまとめてみた。

残映（完走Tシャツ）

第１回宮古島トライアスロン大会

第３回びわ湖トライアスロン大会

第６回皆生トライアスロン大会

第１回サロマ湖
100キロマラソン大会

第１回四万十川
100キロマラソン大会

第６回荻往還マラニック大会
（250キロ：リタイア）

もくじ

古稀、喜寿記念イベント

私は、これまで節目の年を記念して、長距離ランニングやウオーキングの私的イベントを行ってきた。50歳の時は、高知市はりまや橋から室戸岬の中岡慎太郎像前まで走ったが、既存の大会を利用した時もある。まず、その模様から始めよう。

古稀記念・室戸完歩

古稀・70歳の年は、高知大学の室戸完歩に参加した。同イベントは50年ほど前に高知大学空手部が始めた行事で、高知市朝倉にある同大学キャンパスから室戸岬・中岡慎太郎像前まで約90キロを、夜を徹して歩くもので、同大学の伝統行事として育ち、いつのころからか知らないが市民にも開放されるようになった。毎年11月最後の週の土日に行われている。

当時、10年ほどランニングから遠ざかっていたが、水中ジョギングで足腰は鍛えている、着地のショックが膝にもろに響くランニングと違い歩くのであれば膝も大丈夫、完歩間違いないだろうと、参加することにした。「5キロを1時間のペースで歩けば90キロだから18時間、食事・休憩などを3時間とみて合計21時間、9時出発だから翌朝の6時ごろ着く、公共交通の便が少ない所だから始発バスを待つ時間が退屈だな」など考えて、自信満々の参加であった。

出発式で歩行中のマナーなどの注意事項が済むと、空手部員は大きな幟を担ぎ、ランパン、ランシャツに身を固めた陸上部、気の合った同志のグループ、仲のいいカップル、中高年の一般市民など、思い思いに歩き始める。私は「70歳・林学ＯＢ」と手製のゼッケンをつけて参加した

出発直後、私のゼッケンを見て話しかけてきた一般参加者がいて、少し歩きながら話をしたが、後は連れのない一人旅。ただ黙々と無心に歩くのみ。最初に注意があったが、学生たちのマナーは感心できない。コンビニ前にたむろして立ち食いするもの、駐車場に座り込むもの、通り過ぎた後はごみだらけで、そのマナーの悪さにあきれるとともに、主催者の心配がよくわかる。

香南市夜須・ヤシイパークで、コーヒーを飲み30分ほど休みをとる。歩いていると周囲の車の音が意外に高く煩わしく、そこから安芸自転車道に入る。琴ヶ浜など緑の多い歩きやすい道だが、この道を知らないのだろうか、前後に学生たちが一人もいなくなった。不測の事故で大会が中止になったのではないかとやや不安に思いながら歩き続ける。やがて約45キロ地点で国道に戻り安芸市街入口のコンビニに着くと、大勢たむろしていて安心し

た。5時半ごろ、ほぼ予定通りである。

疲れも足の痛みもなく、行程の半ばまで来た。多くの学生たちがコンビニ前の路上に座り込み、食事をしている。私も道ぶちの縁石に座り、握り飯を食べていると次第に寒くなってきた。辺りは薄暗くなり、北風も強くなってきて、汗ばんだ体から体温を容赦なく奪っていく。長距離走の後、エネルギーの消耗と疲れで、寒くなったことはこれまでも経験している。だが、この寒さは半端ではない。歯の根が合わないというか、ガタガタ全身がふるえて止まらない。厚手の上着は持っていたが、荷物になる着替え類は何も持ってきていなかったので対処のしようがない。

とにかく食事を済ませて、6時過ぎに再び歩きだしたが体は温まらない。いや、北風が強くなり寒さはさらに酷くなる。同じ暗い国道でも、フランク永井の歌「夜霧の第二国道」のように、恋の未練を断ち切れず、夜霧の第二国道をぶっ飛ばすドライバーなら様になるが、暗闇の国道55号線をとぼとぼと歩くお爺さんでは絵にも歌にもならない。ポツリポツリと学生たちが追い抜いていく。ペアで夜通し歩く若さがまぶしい。

そのうちふくらはぎが硬直してきた。疲れに冷えが重なるとよく起こる私の持病のようなものだ。店じまいした大山岬の道の駅のベンチで休み、道ぶちの田圃の石垣に腰をおろして休み、足を引きずりながらも、約60キロ地点の安田町に着いた。9時半ごろだったであろうか。ここから4キロ北、安田川縁りに田舎の我が家があると思うと、もう足が一歩も動かなくなった。タクシーでおんぼろ屋へ直行、ビールを飲んでそのまま布団に入る。

ホーム・スイートホームは有りがたいものだ。
かくして室戸完歩・古稀イベントは途中リタイヤで終わった。

喜寿記念・第二回高知龍馬マラソン

はじめホノルルマラソンに出場しようと思った。同大会なら制限時間はあって無い様なものだから、完走はできるだろう。だが期日が12月8日で、安芸タートルマラソンと同じ日である。安芸は第二回大会以来、連続出場中で現在38回、少なくとも40回は連続出場しようと思っているから欠場できない。仕方なく高知龍馬マラソンに変えることにした。

同大会の前身は、びわ湖毎日マラソンと同じ年、昭和21年にエリートマラソンとして高知新聞が主催して始まった高新マラソン、続いて若手養成を目指してリニューアルした高知マラソンである。だがローカル大会の悲しさ、参加者数が非常に少なく記録も低調で、歴史は長いが脚光を浴びることなく細々と続いていた。

私も一度出場しようと思った年があった。しかしその年から制限時間が厳しくなり、ゴールの3時間30分はぎりぎり間に合いそうだったが、20キロの関門が1時間25分になった。当時、20キロのベストタイムが1時間26分台だから、ここで足切りされるのは目に見えている。あきらめざるを得なかった。だが最近多くなった大衆マラソンの成功に煽られるように、平成25年、制限時間6時間の大衆マラソン・高知龍馬マラソンに変身した。

1、5倍の競争率を無事クリアして出場できるようになったが、10キロの安芸タートルをやっと完走している最近の走力では、今のところ制限時間内にゴールできる自信は全くない。過去にフルマラソンを30回以上走ったことがあるとはいえ、この42．195キロは、30年前の100キロに匹敵する、いやそれ以上の距離であろう。昔のベスト体重52キロも、超肥満時代の64キロまでは戻っていないが、60キロになっている。完走への第一歩は、まずこれを少しでも減らすことである。そのためには、今年の正月、酒と料理のセーブがどの程度できるか？　これが第一関門である。減量は健康にもいいので努力しよう。

これまでフルマラソンを完走するためには3ヶ月前から準備をしていた。毎日10キロ、1ヶ月で300キロ以上を走り、大会までに20キロ走、30キロ走を3、4回こなしていた。そのレベルからすれば、今の練習量は5分の1にも満たないだろうが、変形性膝関節症という問題を抱えていて、2、3日続けて走ると鈍い痛みを感じるからやむを得ない。これでどこまで走れるかだ。

12月中旬に1週間に2度、ゆっくりペースで2時間走をした。すると脊椎の下部に鈍い痛みが出てきた。着地のショックがもろに響くところだ。昔からランニングの疲れがたまるとよく起こっていたが、今回はなかなか治らない。年が明けて整形外科へ行くと、骨その他の異常はないという。練習再開だが、この時期2週間のブランクは痛い。以後、畳の水練ならぬ水中ランで陸地はあまり走らないようにした。

高知市営プールには、子どもたちが遊ぶ直径15メートル、深さ45～55センチの円形プールがある。その中をぐるぐると、陸上競技のトラックを走るように走る。背の低い私が入れば膝の上まで水が来て、走ればかなりの負荷がかかる。普段は水泳もするが、龍馬マラソンの前は1時間以上、水中ランばかりやっていた。

寒い時期の子どももプールは誰もいないから存分に練習できる。腕振りや背筋を伸ばし、顎を引くなど、フォームのチェックをしながらイメージトレーニングもできる。スピード練習や心肺機能は鍛えられないが耐久力はつく。

プールに来てろくに泳ぎもせず、走ってばかりの爺さんは目立つ。「お名前は知りませんがお顔は……」とか、「トライアスロンをやられているそうですね……」とか言われたこともある。だいぶ前に、プールに勤めていた知人に「ラン」を進呈したので聞いていたのだろう。プールの係員は変わるが、私は15年も通っているから皆さんの先輩なのだ。

平成26年2月16日、マラソン当日は、良く晴れていて、北西の風が強いという予報だった。16キロで海岸線に出て西進し、さらにゴールに向かって北進するコースの後半は、向かい風がランナーを苦しめるだろう。

ゼッケン4、722の私は、スタート地点まで4分20秒かかったが、後は混雑もなくマイペースで走ることができた。路面電車まで止めた交通規制のおかげだが、有り難い。市街地を抜け出した5キロ近くから北西ならぬ北東の強風が吹いてきた。その向かい風に苦しみながら10キロ地点に着く。ここからコースは南下してしばらくは追い風になる。そうだ、元オリンピックランナー・土佐礼子さんが5キロ辺りで応援していて、ハイタッチすることができた。これは後ろの方をバラけて走るランナーの特権か？

第二回高知龍馬マラソン　スタート地点
（ここまで４分20秒かかる）

途中の関門規制はこまめに７ヶ所もある。そこをクリアしなければ競技を続けられないのだから、私のような遅いランナーは最初から時間との戦いだ。８．９キロの関門で９分、１６．２キロで５分、２０．２キロが１分30秒前で、ぎりぎりで通過した。次の関門・２６．１キロは無理だと判断して、手持ちのカメラで係員に記念写真を撮ってもらったのち少し歩き、後は収容車に乗るまで気楽に走ることにした。

やがて浦戸大橋に差し掛かった。高知の海の玄関・浦戸湾にかかる、１キロほどの距離で40メートルの高低差のある橋で、このコース最大の難所である。立ち止りも歩きもせずに、水中ランで鍛えた足でコッコッと、マイペース（走っていると言えないスピードだろうが）で登るのみ。時間を気にしないのでかえって楽に走れる。

大橋を過ぎて淡々と走っていると、「走りながら話を聞かせてください」と高知新聞の若い記者が近寄ってきた。手製のゼッケン「喜寿記念」が目に留まったのだろう。沿道からも「喜寿おめでとう」とか「（お年なのに）えらいですね！」などの声があり、多少目立ったようだ。沿道にはポツポツ顔見知りもいて声をかけられ、力づけられた（お恥ずかしい姿を見られた？）。

第二回高知龍馬マラソン　20キロ地点

「浦戸大橋の手前では、最後から３人目だったのに、それから10人余り追い抜き、頑張りましたね。浦戸大橋はどうでした？　しんどくなかったですか。今の感想はどうです」など聞いてくるが、「大橋はしんどくて景色を見る余裕もなかった。最後のぎりぎりまで頑張ったが、完走できなくて残念です」など、記者が期待している返答ができなくて気の毒であるが、私のスタンスは「この年で、この練習量で、どこまで走れるかな？」であるから仕方がない。

話しながら走っているとすぐ25キロのゲートが来て、そこで止められた。「ここで待っていてバスに乗ってください」というので、記者に収容車に乗るところを写してくれと、カメラを渡して待つが、バスはドアを開けずに素通りする。２台続いたバスすべてがそうである。記者と話していたので落ちこぼれランナーと見えなかったのだろう。

事情を話すと、車を手配するから少し待ってくれというが、このような場合の待ち時間は長い。給水テントで関係者、ボランティアの人たちが後かたづけを始めた。裏方さんの努力に感謝しながら、体が冷えてくると腹も立ってくる。２、３回催促するが車はなかなか来ない。係員の反省会が始まろうという頃、やっと怪我人を収容する車が来た。途中で若い女性２人を乗せて、まっすぐに陸上競技場に帰ってきたが、13時30分ごろだった。女性たちは車いすで、救護所に運ばれたようだ。後で考えると、最後の関門時間・14時13分まで、収容車は最後尾のランナーの後ろを走り、役割を果たしたのち競技場に帰ってくるのだろうから、救護車で帰って来た私は、１時間以上早く帰ることができたことになり、儲けものだったのだろう。

翌日、ランナーズネットで５キロごとのラップタイムを見た。５キロ、10キロと38分台でこんなものだが、15キロ、20キロが43分台になっていて、10キロ過ぎから走力の落ちようは歴然としていて、練習不足を正直に表している。しかも関門近くになると、通過するために１、２キロ手前から必死になって走るのだからしんどい。まるでゴールが何回もあるようなものだ。スタート時点のロスタイム・４分20秒がなければ、２６．１キロ地点の第４関門も通過できていたかもしれないが、それは些細なことだ。スタート前の第一関門・「減量」で引っかかっているのだから。

記録は、25キロで3時間41分28秒とあった。

不足の距離・17.195キロは、京都ツーデーウオークで補い、併せて1本ということで、喜寿記念イベントとしよう。

京都ツーデーウオーク

ツーデーウオークは、各地のウオーキング協会が主催（日本ウオーキング協会後援）して行われている歩く大会で、決められたコースを2日間（1日でもいい）歩く。マラソン大会のように速さを競うのでなく、制限時間はあるが、体力に合わせた距離を楽しく歩くイベントであり、いずれも景色のいい道が選ばれていて、最近人気が出て各地で行われている。

第5回京都ツーデーウオークは2014年3月15・16日に行われた。距離は30、20、10キロに分かれていたが、私は初日30キロ、2日目に20キロに参加した。2日間の参加者数は3,828人であった。

1日目は、JR京都駅西寄りの梅小路公園を8時にスタートして、七条通りを東に進み、河原町通りを北上して五条大橋の少し上から鴨川の河川敷に出る。当日は寒の戻りで肌寒く、正面に見える鞍馬山辺りは薄く雪化粧していたが、しだれ柳の芽吹きや陽光にきらめく川の流れ、小魚を待ち受けるシラサギの姿などに春を感じる。

平坦な土道は気持ちよく、河川敷で休日を楽しんでいる人々や鴨川と高野川の合流点

などを眺めながら歩く。のどかな、ゆっくりとした景色の移り変わりが、ウオーキング大会の楽しさである。１０．６キロの上賀茂神社に10時過ぎ、１４．９キロの宝が池に11時に着く。時速5キロ、ほぼ予定通りである。少し早いがここで昼食にして、11時20分に宝が池を出発する。

　修学院離宮横を通り、曼殊院を経て、一乗寺下り松に12時半ごろ着く。ここは、吉川英治の小説「宮本武蔵」で、武蔵と吉岡一門が死闘を繰り広げたという有名な場所である。映画などでは、一面の田圃の中を、武蔵が阿修羅のごとく奮闘する場面であるが、いまは石碑が残るだけで、ぎっしりと住宅が立ち並ぶ何の変哲もない場所になり果てている。

　銀閣寺横から哲学者・西田幾多郎がよく散歩したという、哲学の道を歩く。琵琶湖疎水に添って植えられている桜が有名だそうだが、花にはまだ間があり、しだれ梅が所々で彩りを添えている。平安神宮、知恩院と通り、八坂神社から清水寺への産寧坂は、観光客でごった返していて歩きにくいことははなはだしいが、我々が歩かせてもらっているのだ、我慢しよう。舞妓さんや芸者姿も見られたが、風情があっていい。

後は五条通りを西へ向かい、西本願寺横を通ってスタート地点に帰る。3時20分ごろだった。

2日目20キロは京都市の南を歩く。

七条通りを東進して三十三間堂横を通り、京都女子大から南に向きを変え、泉涌寺、東福寺を通って伏見稲荷へ。そこから「竹の下道」を歩くが、よく手入れされた竹林は見事であった。林に日が差し込むように間隔をあけ、新しい土も入れてある。タケノコ用か竹細工に使うかは知らないが、昔から栽培方法が確立されているのだろう。

この後は、白河上皇院政の地、羅城門跡、東寺などあったが、住宅の立てこんだ細い道や、名神高速道路近くの交通量の多い道を歩く、あまり面白くないコースだった。1時50分に帰り着き、ツーデーウオークは終わった。

高知教職員山の会

名前を見れば現役・若者の山岳会のようだが、実質は山登りを愛する高齢者の集まりである。会発足当時、2、3現役教員の会員がいたためこの名前になったと聞く。会は、高知県高等学校退職教職員協議会（以後高退協という）のクラブ活動の一環として、テニスクラブ、読書クラブなどと共に、1990年に発足した。退職教職員協議会というのは、高校以外にも小中学校・義務制の元教職員からなる高知県退協があり、他の都道府県にも同様の組織があって、緩やかな連合体で

全国組織・全退協を形成して、退職教職員の生活向上など諸課題に取り組んでいる組織である。

山の会を立ち上げられたT先生が、会の15年記念誌に、発足の趣旨を次のように書かれている。

「……私が強調したいのは、現職の時代に比較して会員の日常的な交流の機会が少ない。退職者組織に求められるものの一つに『孤独な老後の克服』がある。趣味で結ばれたサークルを作って日常的に交流を深めていこうではないか。これが提案の趣旨であったように思う……中でも一番繁盛したのは「山の会」で、高退協の会員、家族、友人、知人、それに現職、他の退職者組織の会員と多くの方の参加を得て、盛衰はあったが、今日まで連綿と続いてきた」。

発足以来24年で、登った山は250座を超え、高退協の組織内にとどまらず、会員の半数は教職員以外の人たちで、和気あいあい山登りを楽しんでいる。

会の活動パターンは、年に一度、観光を兼ねた海外トレッキングと日本アルプスなど県外の山に4～5泊で行く、後は毎月、四国内の日帰り登山ということになっている。私は退職した1997年にヒマラヤトレッキングを誘われたのを機に入会した。

この会の魅力は海外トレッキングにある。大手旅行会社の既成ツアーと違い、会員が希望する地域、場所を決めて自分たちが旅行計画を立てる。旅行会社がそれをチェックして、実現可能であれば旅を具体化するという方式で運営されてきた。個人旅行でなく、また海外旅行なので、全てフリーとはいかなくて、既成ツアーのコースを利用することも多いが、その中に必ずパックツアーでは行けない秘境の地が用意されている。

たとえばシルクロードの旅では、途中まではあったが火炎山に登り、砂漠横断道路に車を止めて、1時間余りタクマラカン砂漠の砂丘の中を歩く。北欧では北極圏のラップランドにあるアビスコ国立公園に行き、松かさ大の落とし物・ムース（ヘラジカ）の糞が落ちているトレッキングコース「王様の道」を歩き、先住民・サーミの円錐形テントに立ち寄り、コーヒーを飲みながら話を聞く。ノルウェイ、いやスカンディナビア半島最高峰のガルドピッケン山（2，467ｍ）を目指して雪道、岩棚を歩く。疲労のため登頂こそできなかったが8合目までは行った。クレパスに注意しながらザイルに結ばれて雪原を歩くなどは、登山専門のツアーは別として、普通のパックツアーではできない。……アウトドア派の私の好みと合い、毎年参加していた。ちなみに退職後の私の海外旅行は、個人旅行2回、他のツアー2回、後は全て「山の会」の旅であった。本著にもその時の旅が多く出てくる。

10数年にわたり、東京のＨ国際旅行と提携していたが、同社もまた、我々の旅が成功すればそのプランを同社のツアーとして他のグループを募集する。あまり大きくない会社だけに小回りが利き、持ちつ持たれつの関係であった。

これまでに山の会が行った海外旅行・トレッキング先を挙げる。

１９９３年　スイスアルプス（モンブラン、マッターホーンなど）
１９９４年　ニュージランド
１９９５年　スイスアルプス（ツェルマット、サースフエーなど）
１９９６年　カナディアンロッキー
１９９７年　スコットランド
１９９７年　ヒマラヤ　◯
１９９８年　北欧三ヶ国　◯
１９９９年　ヒマラヤ　◯
２０００年　スイスアルプス（イタリヤ側）
２００１年　アメリカ国立公園（イエローストーンなど）
２００２年　シルクロード　◯
２００３年　ピレネー　◯
２００３年　インド・カンチェンジュンガ
２００４年　アラスカ

まだまだ南米大陸のパタゴニアやギアナ高地など魅力のあるところも多いが、会員の高齢化による体力、気力の衰えなどで最近は途絶えている。

行き先だけ見れば、何だ！　既成のツアーではないかと思われるが、中身は先に書いたように変化に富んでいる。（末尾に○印をつけたのが私も参加した旅である。）

１９９７年に山の会に入った私は、山の会が３回行ったアルプスへは一度も参加していない。海外旅行ともなれば同じ方面へたびたび行くほど財布も体も余裕がない。スイスアルプスへ行くのならモンブラン、マッターホルン、アイガー、メンヒ、ユングフラウなどを見たいと思うが、会の皆さんは１９９３年に既に行っている。仕方なく、私と同じような仲間９人を誘って自分たちで計画を立て、２００６年にスイスに行き、モンブラン、マッターホルンなどいわゆるヨーロッパアルプス６名峰を仰ぎみて、麓のトレッキングを楽しんできた。他にも会としての企画ではないが、ハワイ島のトレッキングやチベットに行ったグループもいる。

ノルウェイ最高峰めざして

２００１年のアメリカ国立公園めぐりは、イエローストーン、ヨセミテ、グランドキャニオン、ジョンフォードの西部劇の世界・モニュメントバレーなどを巡る魅力あるものだったが、出発２週間ほど前にニューヨーク貿易センタービルが襲撃される同時多発テロが勃発した。旅行社は宿泊費、航空券の代金などほとんどの費用を支払い済みで、テロのような理由での中止は代金が戻ってこないという。小さな旅行社にとっては死活問題である。会社から何とか参加してほしいとの要請があり、我々も集まって協議した結果、当初20名の予定が10名になったが、決行することになった。

私は参加しなかったが危険だと思ったからではない、今後ブッシュ政権が大々的な人権を無視するような報復をするだろうと予測したからである。そのようなアメリカに協力するような旅にのこのこと出ていくものかと！　参加した人たちは、人混みのない有名観光地をゆっくり観光でき、こんな大変な時によく来てくれたと歓迎されたそうである。

その後の推移をみるとこの判断は正解だった。２００４年のアラスカ・マッキンリーも魅力があったが、アラスカといえどもアメリカの一部である、ここで節を曲げてなるものかと不参加を決め込んだ。もうそろそろアメリカ旅行を解禁してもいいと思うが、今度は体力、金力が問題になる。

ひょんなことから、10年ほど前、私が山の会の会長になり、国内の月例会はほぼ毎回参加している。

退職後の生活は、山の会や個人で行く山登り、後に述べるが森林ボランティア、英会話の習得、田舎にある畑の手入れ、キャンピングカーに寝泊まりした国内旅行、週に3、4度のプール通いと10数年の間は結構忙しかった。だがボランティアからは5年ほど前に手を引き、キャンピングカーも2年前に手放した。英語も昨年辞めてしまったが、それに代わってヘボ碁が大きな顔をしてのさばり始めた。

ヒマラヤトレッキング(1997年)

ドウトコシを渡る

ゴレパニ峠

北欧三ヶ国(1998年)

クレパスを行く

アビスコ国立公園(北緯68度の地)

サガルマータ入山検問所

ヒマラヤトレッキング(1999年)

とある山小屋

シルクロード(2002年)

天山山脈の東端:4000mの峠より、
このヘアピンカーブをノ—チェンで下る

タクマラカン砂漠ウォーキング

火焔山

ピレーネ(2003年)

雪で越せなかった峠を仰ぐ

緑豊かな谷

スイスアルプス(番外編)

氷河をバックに

メンヒ

Wマッターホルン？

高山病と私

私が最初にこの病気?を自覚したのは、ヒマラヤビューホテルであった。同ホテルは、エヴェレスト街道で最も大きい集落・ナムチェバザールから400メートルほど上がった標高3,900メートルにある、名の通りエヴェレストの眺望を売り物にした日本人経営の豪華なホテルである。赤々と燃える炭火を前に、食欲をそそる日本料理や日本酒が並ぶ。ヒマラヤの山中でこれほど贅沢なメニューはないが、体がだるくて食欲は全くない。ろくに箸を付けずに中座して、部屋に帰りベットに入る。しかし脱力感、だるい、しんどいで身の置き所もない。安静にして辛抱するのが最良だと、壁にもたれて時をすごすが、耐え切れずにツアーの添乗員I氏を呼ぶ。午前2時ごろであった。ホテルには酸素ボンベが常備してあって、酸素を吸えば楽になるが中断するとまた苦しくなる。酸素を外して動こうものなら、くらくらと来てベッドに倒れこむ始末である。

幸いその日はトレッキングの最後の日で、翌日ホテルから少し下ったシャンボチェ空港からヘリ、航空機を乗り継いでカトマンズへ下りることになっていた。酸素ボンベを背

マチャプチャレ

負ったポーターに抱きかかえられてヘリに乗り、無事カトマンズまで下りてきた。だが、少し歩いたのがこたえたのか、ヘリに乗るとぜんそく患者のような激しい咳が止まらず、痰がのどに詰まり、エビのように背中をよじりながらせき込む苦しい時間がカトマンズまで続いた。物知りのWさんの話では、その状態は高山病でもかなり危険な段階で、大変心配されていたとのことだった。

ここに至る伏線はある。

旅の前半は、アンナプルナトレッキングで、ゴレパニ峠のロッジなどに泊まり、4泊5日かけてプーンヒル展望台（3、193m）まで行き、ダウラギリやアンナプルナ山群を眺めてくる。その後、カトマンズで2、3日休養して、次はエベレスト街道を行くという、15日間の欲張った旅程であった。

高山病と関係ないが、前半の旅でゴレパニ

峠のロッジから見たマチャプチャレには、感動という言葉を軽々しく使いたくない私だが、心の底から感動を覚えた。夜半に目覚めて、ふと窓の外を見たときのことだ。煌々と照り輝く月の光に浮かび出た6,993メートルの尖鋭な白銀の峰・マチャプチャレは、神々しいという表現を超えた姿で聳えていた。聖山としてあがめられ、登山禁止の山である。

前半の山から下りてきたとき、体がだるいが風邪でも引いたかなという思いはあった。だが昔、富士登山競争を完走したこともあり、高山病とは無縁の身だと思っていたから、山でも街でも、ビールやネパールの強い酒・チャンを好きなだけ飲んでいた。

後半の旅のラスト2日は、自由行動にしてもらった。同行の皆さんの歩みがあまりにも遅いのでじれてしまい、このペースが最後まで続けばヒマラヤまで来た甲斐がないと思ったからだ。当時61歳の私は、ウルトラマラソンや、トライアスロンの練習効果がまだ十分身体に満ちていた。相談の結果、18歳のシェルパ見習いの少年とともに先行することになった。彼は私を試すようにあるいは面白がって、登山道から外れた近道、崖路を行く。こんな小僧に負けるものかと私も続く。多くの登山客を追い抜き、ほどなくナムチェに着いた。おかげで、ヤクの解体などバザールをゆっくり見ることができたが、体が少しだるくなっていた。

翌朝も少し体が重いが、歩いているうちに気にならなくなった。エヴェレストビューホテルへの途中で、クムジュン村への分岐点がある。同村には有名な寺院があり、そこにイエティ（雪男）の頭が展示されている。また、エヴェレスト初登頂に成功したエドモンド、ヒラリー卿が建てた学校もあるという。添乗員のI氏は寄り道をして我々を案内したいと言うが、シェルパ頭は一行の体力を考えて首を縦に振らない。協議の結果、上岡なら大丈夫だろうということで、40歳ぐらいのポーターの案内で私一人が行くことになった。

なだらかな下り4キロほどの先に村が見えている。ジョギングで行けば寺などを拝観しても往復2時間かからないだろう、村を回った後、一行に追い付いて驚かせてやれ、などと思っていたのだから無邪気なものだ。急ぎ足で歩くポーター氏に負けずに一廻りしてきたがその行動がたたり、はじめのホテルの場面・高山病というおまけがついてきた。

イエティ（雪男）の頭

話は変わるが、イエティの頭は、本堂?脇の扉のついた棚に、小さな箱に入れられて窮屈そうに鎮座していた。

「これがイエティ?」。チベット仏教・ダライラマをゆめ疑うことなかれ！　日本にも「鰯の頭も信心から」という似たような言葉があるではないか。扉が開かれ、お客が2、3枚写真を撮ると、扉が閉まる。お寺の拝観料とは別に「ハイカン料」がいる。商売繁盛！

商売繁盛。

２年後の１９９９年に、高知教職員山の会で再びヒマラヤトレッキングに行くことになった。今回はエベレストベースキャンプの隣の谷にある、５、３４０メートルのゴーキョピークまで行く本格的なものだ。メンバーも前回とほぼ同じで気心は知れている。酒を断ちゆっくり歩けば大丈夫だろうと、性懲りもなく参加することにした。

ビスタリー、ビスタリー（ゆっくり、ゆっくり）をモットーに、脈拍数を計り、ビタミン剤や整腸剤、食べる酸素まで飲んで体調管理におさおさ怠りがない。もちろんアルコール類は一切断っている。だが、ナムチェバザールに着き、昼食のあと休んでいると、体全体に気だるさが広がり何もする気がなくなる。仲間の大半はエヴェレストの見える丘や博物館に行くが、一人ロッジに残り、雨に煙るナムチェの村落をぼんやりと眺めて過ごす。

夜になると胸が締め付けられるようになり、呼吸も苦しくなる。深呼吸をすれば少しは楽だが、スーハッハ、スーハッハ、疲れて長続きしない。今とれる対策は新陳代謝を高めることしかないらしい。水をがぶがぶ飲み頻繁に排尿するが、部屋との往復がつらくて便所の中にそのまま座り込みたい心境である。疲れて呼吸が弱くなると息苦しい、深呼吸、疲れ、深呼吸、疲れ……の繰り返しで、一睡もせず壁にもたれて朝を迎えた。言葉でいえばただそれだけだが、実際に体験する身はたまったものではない。眠られぬまま考えた。このままではゴーキョピークどころか、下手すれば命が持たない。残念だが、体力があるうちにここから撤退するより道はないだろう。

遭難ではないのでヘリは呼べない。旅行社の尽力で、3日後にルクラからカトマンズへ飛ぶ飛行機のチケットが取れて、ダワヌー君という名の若いシェルパと、1泊2日かけてルクラまで下りることになった。出だしは酸素のおかげで体調も戻り、下山の決断が早すぎたかなと思うほどだった。しかし、下りといえどもアップダウンがある。サガルマータ国立公園検問所手前の登り返しで苦しくなり、「酸素」と言うがダワヌー君は持っていないと言う。あれほど頼んであったのに！　彼らの常識ではこの高度からさらに下がるのだからそんなものは要らないのだろう。

ここから、聞くも涙、語るも涙の物語が展開する。

夢遊病者のようにふらふらと、頼りない足を動かしながらも、前へ！の一念で歩き続け、途中の宿泊地パクディンに4時30分ごろ着いた。倒れこむようにシュラフにもぐりこむが、寒さも襲ってきて、ふるえているうちに眠りこんでしまった。7時ごろ夕食になるが、ネパール特有の、臭いにおいの油で調理してあってあまり食べれない。夕食後、ダワヌー君と別れて部屋に帰ったが、彼の部屋番号を聞いていなかったのと、電池を切らしたHさんに懐中電灯を貸したのが失敗だった。

部屋に帰っても息苦しくて眠れない。高山病は昼間より夜、起きているより横になった方がつらいのだから、身の置き所がない。そのうち咳が出はじめた。咳といっても風邪をひいたときのような生易しいものではない。腹の底からせりあがってきたものが、痰でふさがった喉を無理やり通って行く。体をよじりながら、横隔膜をゆすり、背骨まで大きくゆがめて咳込む。止めようとしても止まらず、しかも続けさまにそれが出る。咳込んでいる間は肺に空気が入らず、余計に苦しくなる。暗闇の中で喉に絡んだ痰を、タオル、靴下などに手当たり次第に吐き出す。喉にこびりついた痰は、離れようとせず窒息しそうだ。悪いことに、ネパールの油がいけなかったのか下痢も始まった。ダワヌー君を呼びたいが、部屋がわからない。進退きわまって外にはい出て、ロッジのドアをどんどん叩く。凍えそうな闇の中に音は響くが誰も出てこない。しばらくしてロッジのおかみさんが出てきて聞くと、ダワヌー君は隣の部屋に寝ていた。

今すぐ酸素が欲しい。ここになければナムチェまで取りに行って欲しいと頼むが、彼は困った顔をしている。彼の仕事はルクラまで私を案内して、航空機に乗せることだ。深夜のエヴェレスト街道を往復14キロ歩くのは、彼としても容易なことでないことはわかる。絶えず咳込む私を見かねて、おかみさんが痰壺とローソクを持ってきてくれる。そのうち少し咳が落ち着き体も楽になったので、とにかく酸素を早く手に入れてくれと頼んで彼らに引き取ってもらう。少し楽になったと言っても気休めほどだ。そのような状態でまんじりともせず長い夜を過ごし、朝を迎える。

6時にダワヌー君が入ってきて、酸素を持ってくるようにナムチェに電話をしてあるという。なに！　電話があるのか！　なぜ昨夜それを言わないのか！　彼と私の思いには相当以上のずれがあるが、食事はお粥がいいかと、彼なりに考えていたらしい。

苦しさに耐えながら壁にもたれて酸素を待つ。9時ごろ少年が10キロ入りの酸素ボンベを持ってきた。「地獄に仏」有り難かった。酸素を絞って吸いながら20分ほどまどろんだが、ゲージの目盛りは7キロに減っている。

ここであと1泊の予定だったが、ダワヌー君が入ってきて、明日8時の切符が取れたのできょう出発するという。早いのにこしたことはないが、まだルクラまで歩く自信がない。ポーターを雇い、担ぎ下ろしてもらうことにした。4人で3,000ルピー（約6,000円）、現金だそうだ。ネパールでの買い物は値切るのが常識だが、この際それはないだろう。吹っかけているか否かは知る由もないが、6,000円で7キロの登り返しの道を歩かずに行けるのだから安いものだ。乗り物はポーターが荷物を運ぶ竹で作った籠、子どものころ使った草刈り籠に似た代物だ。草刈り籠をご存知ない向きは、江戸時代囚人を運んだ唐丸籠、そうチャンバラ映画によく出てくるあれを思い出していただきたい。

このカゴに乗る

私が籠の中に入り、背中合わせに彼らが背負う。担ぎ手は前かがみになり歩くごとにゆらゆら揺れるのだから、乗り手も楽ではない。籠に取り付けた取っ手に必死になってしがみついているが、曲がり角では急に角度が変わり、断崖の下の谷・ドウトコシ（ミルクの

フォトマネーの少女

川）の激流がもろに目に飛び込んでくる。逆さ落としに奈落の底に落ちるのではないかと生きた心地がしない。

この様子を見て絶好の被写体だと、行き交う多くの外人さんが遠慮会釈もなくシャッターをパチパチと切る。私の肖像権はどうなっているのだ！と抗議したいが、籠の上の病人では如何ともしがたい。カトマンズの街角で見かけた少女・糸車を操るポーズで被写体になり、観光客から金を稼ぐ商売をしていたが、金を払わないお客に、フォトマネー、フォトマネーと大声で叫びながら追いかけていた。私もその少女のように、フォトマネー、フォトマネーと叫びたい心境であった。

道行く少女たちも何事か囁き合い、明るい笑い声を残して通り過ぎる。息は楽になったがその素ぶりを見せれば担ぎ手に失礼だと、しかめ面を保つ。姿勢は苦しく心もつらい。それにしてもポーター諸氏の力はすごい。小さなやせた体（失礼かな？）で、60キロの荷を背負って急坂でもずんずん登り、下りでは駆け足になる。

ルクラの医者は日本語ができ、私の持病である心臓肥大、洞性徐脈という日本語も知っていて信頼できる。脈拍も70ぐらいでもう酸素は要らないだろうと彼は言い、私もそう思った。シビンの代用として灯油の空き缶、懐中電灯、右に酸素ボンベ左に脇息（バックに荷物を入れて立て懸けた）、夜を徹して高山病と戦う準備は万全である。その夜は大雨になり、山の仲間は大丈夫かなと気遣う余裕も生まれていた。

ところがまたまた来ました、今夜は真空攻めです。

いくら息を吸っても空気が肺に入る気配がない。ススーハハー……その苦しいこと、耐え切れなくなれば酸素を吸うが残りは少ない。補給するため人を呼ぼうにも、真夜中の大きなロッジでは勝手がわからない。ゲージの数字をにらみながら、吸ったり止めたりの繰り返しで朝を迎える。

ポーター見習い

　この雨では飛べないだろう?と言っていた航空機が急に飛ぶことになり、あたふたと空港へ向かう。ダワヌー君は後も見ずにずんずん急ぐ。必死になってついていくが、酸素の効力が切れて、ついに彼に振り切られる。空港は大混雑で、いくら探してもダワヌー君は見当たらない。彼がチケットを持っていたような口ぶりだったが確認していない。半ばパニックになりながら、この窮状を空港職員に訴えて、自力でチケットを求めようと売場へ行く。

大男、大女たちが列をなして窓口に並んで順番待ちをしていて、日本人としてもチビの部類の私である、その存在などケシ飛んでしまう。ブナの大木に囲まれた、小さな草木のようなものだ。チケット購入にはパスポートも要るだろうがどこへ入れたのか見当たらない。予約券も必要だろうし言葉もままならないのだから、手に入れる確率は非常に低い。悲壮な決意をして列に並んでいると、ダワヌー君がやって来て、チケットを渡してくれて一件落着、ほっとした。飛行機が飛ぶまで彼に案内されて、ネパールの人たちがたむろする小屋で休むことができた。

９時前にカトマンズに無事帰り着き、長くて苦しかった３日間がやっと終わった。

それから６、７年たち、もう時効だろうと登った日本の山でもすべてアウト、高山病はいそいそとやってくる。

酒をこよなく愛する仲間数人と白馬（２，９３３ｍ）に登った時のことだ。昼飯になると早くも、雪渓で冷やしたビールとなる。大丈夫かなと思いつつも、私もつられてつい手が出る。汗ばんだ体にのどを通るビールの味は最高、堪えられない。さあもう一息だと登り始めたが息がつらい。雪渓のはるか上に豆粒のようなロッジが見える。後は皆さんの想像にお任せしよう。

槍ヶ岳（３，１８０ｍ）はツアー登山だった。夜行バスで早朝、中房温泉に着き、燕岳、大天井岳、大天井小屋で１泊、東鎌尾根を通り槍ヶ岳に登り、肩の小屋で１泊、南岳から槍沢を経て上高地に下りてくる・いわゆる槍の表銀座コースである。大天井を過ぎ西岳の登り口辺りまでは、足の弱い女性を気遣う余裕があった。それから先はパーティの落ちこぼれになってしまい、肩の小屋で寝込んで、すぐ目の前・槍のピークを踏むことができなかった。

若いころ富士登山競走で登った経験を買われてリーダー格として参加した富士山も、6合目を過ぎると雲行きがあやしくなる。仲間に先に行ってもらい、8合目の小屋に3時間近く遅れてやっと着いた。翌日は皆さんに先に行ってもらい、一緒に出た家内にも愛想を尽かされて一人旅になる。そこから先は5、6歩歩いては小休止、10歩歩いては大休止といった具合で、並みの人なら1時間で行けるところを4時間近くかかってしまい、山頂に着いたころには、先行の皆さんはお鉢巡りを終えて、すでに下山道にいたようだ。

上で待っているはずの妻がいない。しんどい体に鞭打って、火口の凹凸を探し回るが見つからない。売店その他で相談するが、この天気のいい日に遭難でもないのだから捜索隊も出せないだろうと言われる始末だ。1時間ほど山頂をうろうろしていると、お鉢巡りを終えた妻がニコニコ顔で向こうから歩いてきた。腹が立つ前にほっとしたことだった。もちろん私はお鉢巡りなどできるわけがない。

それ以後も3、000メートル級の山へたまには登っているが、2、500メートル過ぎるといつも体が異常にだるく、ゆっくりゆっくり歩いている。

翻って、私の健康度をチェックしてみよう。

1、若いころより貧血で、今も貧血気味
2、心臓肥大(スポーツ心臓と善意に解釈)
3、不整脈あり(月に1度通院中)
4、洞性徐脈あり
5、肺活量2、200ccで、成人男子の最低値
これじゃー心臓に負担をかけられないだろう。高山病は天賦?のものとして、気長に無理をせずに付き合っていくより仕方があるまい。

ニュージーランド英語研修

輝けるわが英語歴(十中学、高校時代の思い出)

昭和24年・中学校に入学した時、英語の授業もあるにはあった。だが、まだ敗戦の余韻を引きずっているような時代・各学年一クラスの田舎の小さな学校に、専門の英語教員などいるはずがない。旧制中学校卒業で教員免許を持っていない、いわゆる代用教員の先生もいた。1年の時はクラス担任のH先生に習った。熱心な先生で、自からも発音の勉強しながら、それを重視した指導だった。授業中女子が真面目に発音をすれば、休み時間に悪童たちがその口真似をして冷やかす。それでなくとも女子の関心を引くためちょっかいを出したがる年頃である。女子は口を閉ざし、そして先生の努力はカラマワリとなる。私を含めて男の子は身を入れた勉強はしていなかった。3年になると、男子は職業という教科と英語がセットで選択制になった。男では4、5人が英語を取っていたが、皆が結託、希望して、英語の時間に職業組と一緒になり、川向うの学校農園に、安田川の浅瀬を渡り、肥桶を担いで行ったことなどもあった。その方が英語の授業より楽しかったからだが、先生の方も「どうせこの子らに英語を教えても……」という雰囲気もあった。

朝礼で校長先生が、「本校の卒業生は陰日向なくよく働く」と、求人に来た大阪の漬物屋の社長の言を紹介し、「お前たちも先輩に負けないように頑張れ」と生徒たちを鼓舞激励する。高校に進学する者はわずかで、大半の子どもは、卒業すると家業の農業を継ぐか、二、三男は京阪神の商店に、丁稚奉公まがいの就職をする。女子は紡績工場の女工になるか、家事手伝いののち嫁に行く。そのような時代であった。

また、授業前10分ほどを使って、本（小説）を読んでもらった。もちろん生徒がせがむのだが、それが定期的になっていてよく読んでもらった。「ああ玉杯に花うけて」など、佐藤紅緑の少年向け熱血小説が得意な先生、中学生にどうかな？と思われる、角田喜久雄の怪奇チャンバラ物「風雲将棋谷」を、上手な声音を使って読んでくれる先生もいたが、その内容がハラハラ、ドキドキで結構面白かった。紙芝居の、「危機迫る黄金バット」の運命や如何！　後は明日のお楽しみ」の乗りか、今風にいえばＮＨＫの朝ドラを見る感覚であった

本読みについては先生方の名誉のために一言断っておく。教室の前机に2、3冊の本があるだけで、図書室はない。本屋は7キロほど離れた田野町にあったが、雑誌類とわずかな本が並べてあるだけで、品ぞろえした本屋は、15～16キロ行った安芸町（市になる前）まで行かねばならない。また、教科書以外に、子どもに本を買い与えるような親はいないしその余裕もない。教科書ですら兄弟姉妹や近所の年長の子どもに譲ってもらう子どもも多かった。紙不足の時代で書籍の発行部数も少なく、小さな町にも貸本屋があり繁盛してい

たが、安田川沿いにポツリポツリと集落が点在するわが校下にそんなものはない。ないないずくしで、それが私たちの置かれていた読書環境であった。先生方の本読みは、子どもたちに少しでも読書に興味を持たせるための苦肉の策だったのだろう。

このような状況なので英語はおろか他の教科でも、中学校時代、家で勉強したことはなかった。もちろん高校は全員入学制で、私立、商業、工業、農業高校に行かない者は、自動的に地元の高校に通う・小学区制が厳密に守られていた。

高校も田舎で、1学年3クラスの小規模校。出身中学校によって英語の学力は差があり、到達度別にA・B・Cに分けられていた。そして何かの間違いで、私はAクラスに入れられてしまった。Aクラスは、O先生という熱心で厳しい先生が担当されたが、授業中に当てられないように、いい加減小さな体を更に小さくして教室でちぢこまっていた。だがO先生は闊達な方で、リーディングの試験などは午後半日を費やし、学校の近くにある丘に登り、太平洋を眺めながら大声でリーダーを音読し合ったこともある。また、マイ・オールド・ケンタッキー・ホーム、ホーム・スイートホームなどアメリカのフォークソングやスコットランド民謡を自ら歌いながら教えてくれたり、ワーズワースの詩を朗読したり、楽しい面もあった。

基礎の不十分な私はアップアップであったが、大学受験の3年生の年は、多少自分なりに勉強したように思う。しかし所詮受験勉強、発音など点数の低いものはどうでもよかった。文法は、度の強い眼鏡をかけ、小柄で若い割には頭が薄く髭の濃い、そわそわと落ち着きのないM先生に習ったが、「私たちの学生のころはSOME　TIMES　をソメチチメスと発音していた」と生徒たちを笑わせていた。生徒は先生にトマコ（方言でイタチのこと）というあだ名をつけて親しんでいた。

顔の四角いパッキンという渾名の先生もいた。ボルトの受けになる金属・四角いパッキンだ。口からツバを飛ばしながら熱弁を振るう・こっとい（オス牛＝目もとも似ていたかな）、冗談ばかり言っていたバカタン等の渾名を思い出す。ちなみに私が現職のころ、生徒たちは私のことを陰で「チンクロ」と呼んでいたようだ。チビで、戸外を走り回っていたため顔が真っ黒いのがその由来だろうが、的を得た表現力に、苦笑するやら感心するやらで怒る気にもなれない。

3年時のホーム主任で数学の先生は熱心に教えてくれるのはいいが、少しでも遅刻して教室に入ると、大きな出席簿の堅い角で、頭をごつんとやる、痛かった。教科の度に教室が変わり、生徒は移動しなければならなかったので被害者は多かった。

国語のほかに漢文という教科もあり、「紅南絶句」・千里鶯啼いて　緑　紅に映ず　水村山郭　酒旗の風……に始まって十八史略まで習ったが、中国の歴史も交えて教わるので面白かった。

漢詩の作り方・「起、承、転、結」の例として、

京の五条の糸屋の娘　姉は十八妹は十五

諸国大名は弓矢で殺す　糸屋の娘は目で殺す

と習ったが、60歳近くの謹厳を絵にかいたような、いかつい顔の先生が、〃糸屋の娘は目で殺す〃と言うような艶っぽいことを真顔で話し、その説明をするものだから、可笑しくもあり印象に残っている。

その先生が病休で、臨時教員として来られた老境に近い先生は、感激家で自らの言葉に酔うようなタイプの方で、吉川英治の崇拝者であった。

力抜山兮気蓋世　時不利兮騅不逝
騅不逝可兮何　虞兮虞兮奈若何

紀元前200年、中国の覇王・項羽が垓下の戦いで虞美人を思い、戦況の不利を嘆いて詠じた詩を、声涙ともに下る名調子で「……虞や虞や汝を如何せん」とうたいあげる。玄宗皇帝と楊貴妃を描いた白居易の長恨歌を涙ながらに語る。水を向けると、「吉川英治先生」の宮本武蔵の各場面を、微に入り細に入り説明してくれる。あの長い小説をすべて暗記されているのではないかと思われるほどだった。話もおもしろいが、試験の範囲が短くなるという余得もあり、願ったり叶ったりだ。

漢文は3年のときで話は前後するが、バカタンも負けてはいない。高校入ったばかりの1年生に自由題で作文を書かせ、授業中に発表させてそれを講評する。ふつうは2、3人だが、興に乗れば講評が長くなり1時間で1、2名になる。失礼な言い方だが、講評とは名ばかりで作文に関係のない与太話が多かった。その間、教科書の学習は一度もなく、作文の発表が1学期中続いた。いくら国語の授業だといえ、最近なら非難ごうごうだろうが、誰も何も言わずに従順に従っていた。

3年生の時、山原健二郎先生が高知市内の高校から赴任されてきた。最初の授業で、島崎藤村の「初恋」を大きく板書され、朗々とした韻律で歌われたのには驚かされた。藤村＝「夜明け前」と受験用の暗記はしていたが読んだことはない。文学的好奇心ゼロ、まして詩歌などは全く関心がなかった奥手の高校生でも、抒情的な格調の高い恋の歌には心を惹かれる。いまだにその詩の全文を覚えている。

まだ上げ初めし前髪の　　林檎のもとに見えし時
前にさしたる花櫛の　　花ある君と思いけり……

また、先生は授業中、魯迅の「阿Q正伝」や三島由紀夫の小説「潮騒」を大変褒められていた。前者はわかるが、後年、右翼思想にどっぷり浸り、自衛隊の決起を促して割腹自殺をした三島由紀夫と、共産党の国会議員として長い間活躍された山原先生との取り合わせが、若い時とはいえ面白い。当時の三島はそれほど右傾化していなくて、小説自体は、戦前、戦中の重苦しい雰囲気・陋習を断ち切った、当時としては斬新な思想、手法で書かれていたためそれを評価されていたのだろう。

いたずらもした。

当時は選択教科が多く、卒業条件を満たす最低限度の単位を取り他の授業を受けなければ、フリーの時間を作ることができた。今とっている単位を1つでも落とせば、卒業できないリスクもある。だが、他の生徒が授業を受けている時、これまでの時間割から解放され、自由の身でいられるのはこの上もない喜びである。毎週数時間、それを享受した。そんな時には物理準備室にたむろして、良からぬことを考えたりする。友達に物理クラブ員がいて、名目はラジオを組み立てたり、実験をすることになっている。

物理教室には実験器具を置く準備室があり、器材を出し入れする出入口が教室の前方、黒板の横についていた。空いているときは物理以外にも使っていて、新卒の先生が時事問題（という教科もあった）の授業をやっていた。準備室のガラスの隙間からその授業を覗き見して、指を濡らしてすりガラスに、「こら！〇〇、ごそごそせずに真面目に授業を受けろ！」などと書く。それでなくとも新卒の先生の授業は騒がしいものだ。落書きを見た生徒たちは大声をあげてゲラゲラ笑いだす。初めいぶかしく思っていた先生も、後ろを振り返り落書きに気づき、血相を変えて隣室に飛び込んでくる。と同時に2、3人が窓から屋外に飛び出し裸足で逃げる。おかげでその他の共犯者は無罪放免になり一件落着だが、その後、準備室は使えなくなった。古き良き時代の高校生活の一場面だろう。停学その他の野暮な御仕置きはなかった。その先生には久しくお会いしていないが、今は同じ高退協の会員である。本当に悪いことをした。

大学時代の英語は悲惨であった。1、2回生の一般教養で、前期、後期それぞれ2単位ずつ合計8単位が必修であったが、教える方もおざなりなら、学生も単位さえ取ればいいという態度であった。「農学部の学生に英語など要らない」と某教授が言ったとか言わなかったとか、そのような噂が学生の間で囁かれていた。

テキストは、サマセットモームのスパイ小説「アシェンデン」、バートランドラッセルの「幸福論」、イギリスの何とかいう作家の家庭菜園についてのエッセイ、もう一つは何であったか覚えていない。講義の内容は、指名された学生が訳し、間違いを先生が訂正する形で進む。文法の解説、文学的表現の説明などほとんどない。指名は出席簿順で、農学、林学合同の60人クラスなので、課程終了まで2、3回当たればそれで終わり。当たる時期、部分もほぼわかるからその時だけ準備すればいい。試験も1回で、テキストの一部が提示され、それを訳するだけだった。いずれのテキストも訳本が市販されていて、私は、試験前に訳本を数回読み概要を暗記して臨み、出題の中に知った単語が2、3あればこの辺りだろうと見当をつけて、その部分を答案用紙に書き写していた。これでは英語を勉強したとは言えない。それでも単位、しかも優が取れたのだから、出身大学と自己の恥をさらすようだが、教える方も習う方もいい加減を通り越している。「悲惨だった」の謂れではある。昔のこととはいえ、慚愧に堪えない。

その後、英語と無縁の生活であったが、53歳の時ハワイで行われている世界的に有名なトライアスロン大会「ワールドチャンピオンシップ・アイアンマンレース」の出場権を得て、英語を勉強しようと思ったことがあった。だが、練習中の自転車事故で鎖骨を折って、大会出場、英語の勉強ともに遠い彼方へ消え去ってしまった。

退職した年から、年に一度、山の会のトレッキングを兼ねた海外旅行に参加するようになり、英語を話せればより旅が楽しくなるだろうと、勉強する気になった。63歳の時だから、文字通り六十の手習いである。さすがに基礎英語Ⅰはパスしたが、NHKラジオを朝6時過ぎから聞き、レベルの合ったテレビ番組のテキストを買ってきて視聴して、それなりに努力はした。同時に、英会話スクールの成人クラスに断続的に通い、高知女子大学（現高知県立大学）の市民開放講座にも4、5年通った。学生たちに交じって同じ授業を受けるのだが、講義中は学生も社会人も平等で、学生の発表に質問をし、逆に質問されたり、勉強になった。今の女子学生たちはよく勉強していて、私の学生時代が恥ずかしくなる。

しかし、「余り込みこんでやりよったら、続かんろー」＝「余り根をつめてやれば、長続きしないだろう」が根底にあり、のらりくらりだから進歩は望めない。

２００５年、通っていた英語教室の紹介でニュージーランド（以下NZとする）に1ヶ月の語学研修に行くことになった。前置きが大変長かったが、やっと本題のNZになった。

空港でのハプニング

関空発クライストチャーチ行きの乗客は、ほとんど日本人ばかりで、外国へ行くという雰囲気はない。NZへのワーキングホリデー・1年間働きながら英語の勉強をするという大阪の若い女の子と、北九州市に住む40歳台?の美人美容師A（4週間、彼女とは同じクラス）と同席になった。3人とも同じ目的なので話が弾み、長時間フライトの苦痛もなく、11時間半で目的地に着いた。

空港の出口にはいろいろな旗を持った出迎え人がいて、Aなどそれぞれの旅行業者とともに散っていくが、私に近づいて来る者は誰もいない。ミスマッチの場合の指示は、1、その場を動かずＩＳＡ（旅行社）のバッチをつけて待て。2、しばらく待って声をかけて来る者がいなければ、〇〇〇へ電話せよ。

だが電話のかけ方がわからない。ＮＺではカードを使い、しかも2つの電話会社があり、それぞれカードが別になっているなど、着いたばかりで知る由もない。公衆電話の前でもたもたしている私を見かねて、遊んでいた子どもたちが掛け方を教えてくれたがうまくいかない。しまいには、笑いながら自分の携帯で〇〇〇へ電話してくれた。親切な子どもたちに感謝多謝。電話口ではペラペラと早口でしゃべっている。「今日は日曜日で、他に誰もいない。私は何も聞いていないのでわからない……」と言っていると解釈しよう。何を言っているのか聞き取れないのだから……。

事の真相は後日わかった。同じ日に、日本→オークランド→クライストチャーチのコースで来た女性が、同じクラスに3人いた。彼女たちは国内線ゲートに着き、そこから迎えのバスに乗ったが、トイレに行ったりで時間を食い、30分ほど出発が遅れた。運転手が「もう一人国際線ゲートから乗せる予定だが、遅くなったのでもういないだろう」と、すぐ近くの国際線ゲートへ寄らずに、そのままホームステイ先へ送って行かれたとのことだった。

ふざけた運転手め、取り残された俺はどうなるのだ！　その男の面は見ていないが、どこか外国からの出稼ぎ運転手で、絶対親切なキウイではないだろう（註：キウイとは果物のキウイではなく、飛べない鳥・NZだけにすむ同国の国鳥で、ニュージーランド人は自らをキウイと呼び誇りにしている）。

帰りの時ももう少しでトラブルところだった。タクシーはフライト時間の関係で、朝暗い内に迎えに来た。サバーブ（郊外）の住宅地を回り、あと2人の日本人留学生を乗せて空港に着いた。降りる際、運転手は私だけに金を請求する。迎えのミスのために送迎料金が払い戻されていたが、口座振り込みのために忘れていた。NZドルはもういらないだろうと小銭をわずかに持っているだけで、タクシー代がない。幸いビザカードが使えたので事なきを得たが、でなければひと悶着起きていただろう。だが、ハプニングは歓迎だ。このおかげで面白い体験ができたのだから、不逞の運転手のサボタージュも大目に見てやろう。

とにかく町の中心地まで出よう、そこからタクシーでホームステイ先へ行くことにしよう。子どもたちはもういない。おずおずと近くにいた人にバス停を聞くが、彼も旅行者なので知らないとのこと。英会話手帳を見ながらだが、話が通じた。子どもたちとも何とかやり取りができたので幸先はいい。

空港から街の中心地・セントロにあるカテドラル（大聖堂）近くまで、バスで30分余りかかった。先ず腹ごしらえだと、目についた日本食堂に大きなスーツケースを引きずりながら入ると、店員が「大きな荷物で大変ですね」と話しかけてきた。空港ならいざ知らず、街中でこんな大きな荷物を持ってうろうろするような野暮天はいない。「これこれ、しか

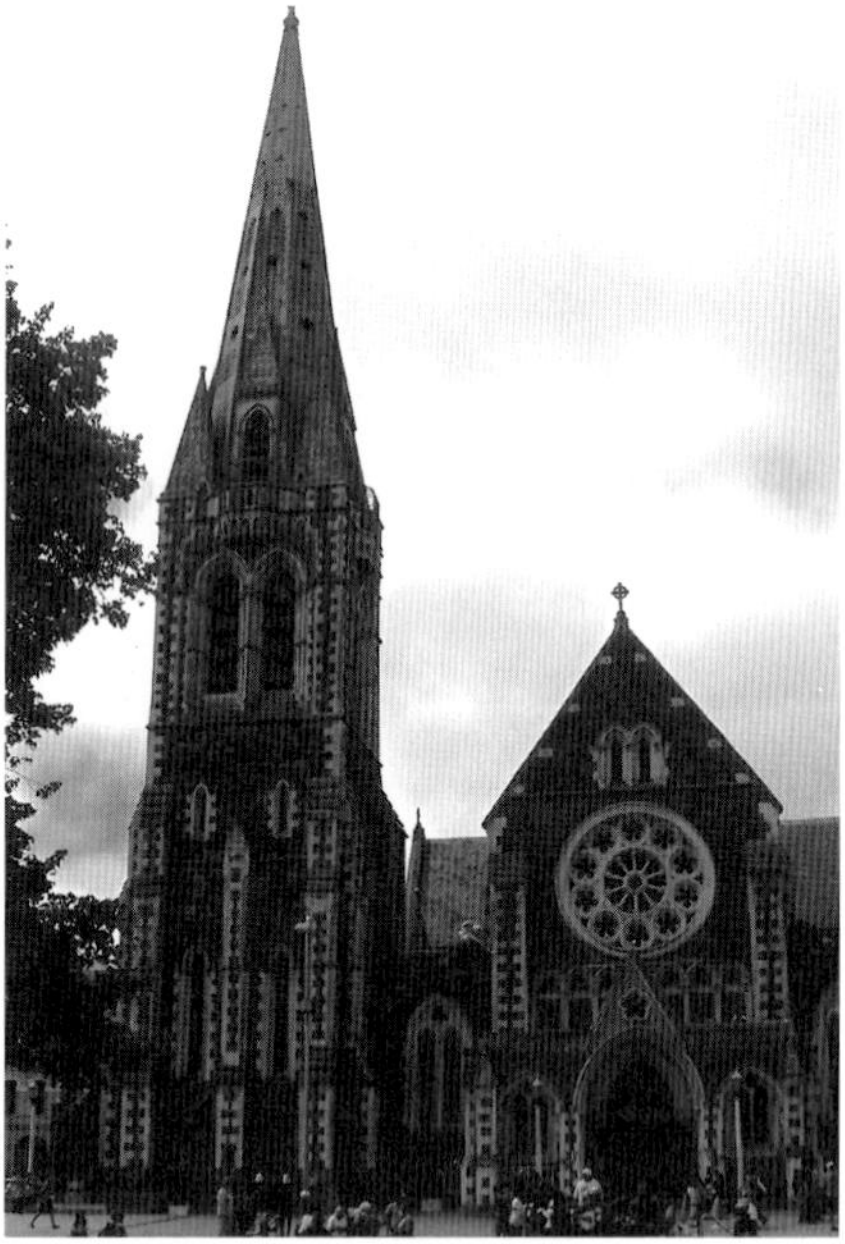
大聖堂

じかで……」と話すと、ホームステイ先に電話をかけてくれ、40分後にステイ先の夫婦が連れ立って車で迎えに来てくれた。そして、無事収まるところへ収まり、夕方から歓迎のバーベキューパーティが始まる。

1週間後、荷物の整理をしていて、帰りの航空券がなくなっているのに気付いた。空港のドサクサで重要書類入れ？から電話番号を探したり、もたもたしているうちに落としたのだろう。ISA（旅行社）に電話するが再発行はできないという。そのことを教室でぼやいていると、旅慣れたI氏が、そんなはずがないと言って、彼が使っている市内の旅行社を紹介してくれた。「手続きがややこしいが再発行はできます。チケット番号など証拠になるものを日本からFAXで送ってもらい……」。だが、ISA（旅行社）は下請けで、大阪の親会社が再発行はできないと言っている、の一点張り。いろいろやり取りの後、取り寄せた書類を持ってNZ航空事務所に行くと、「そのチケットは落し物で、空港のサービスセンターに保管しています」。オー、サンキュー。ニュージーランダー・キウイは本当に親切だ。その足で空港へ飛んで行ったのは言うまでもない。予約証などを見せなくてもすぐ渡してくれたが、これも親切でおおらかなニュージーランド人の国民性か。

この件で次の教訓を得た。
1、紛失物は身近から探せ
2、海外で困った時は知人に相談せよ
3、すぐにあきらめずにベストを尽くせ
4、旅行社は現地に支社がある大手を選べ

教室の模様

授業は、午前中10分の休み時間を挟み3時間、午前中だけである。NZの自然や歴史、日常生活や風習を取り上げ、テーマごとにプリントを用意している。私好みの教材なので面白く、集中して聞くのでかなり疲れる。授業後の半時間ほどは、いつもボーとしていた。午後は週2回、エクスカーションといってクライストチャーチ近郊の観光地を案内してくれ、ガイドブックに載っているところは全て回った。カンタベリー平野の農家まで行き、干し草の荷車に乗って牧場を回るヘイライド、牧羊犬の羊追いショーやワイナリー巡り、水飛沫をあげて急流を疾走するジェットボーディングなど至れり尽くせりで、帰ってくるとうす暗くなっていることもあった。ゴルフへも一度行ったが、NZは料金が安く日本からゴルフをしに来る人もいるようで、一時同じクラスだったI氏などは、ゴルフも今回NZに来た目的の一つだと言っていた。若者のクラスは午後も授業で、宿題も多くて遊ぶ暇はないようだが、成人クラスは観光が半分、これで生徒（お客）を惹きつける作戦だ。これらの費用は授業料に含まれているのだろう、追加の料金は取らなかった。

教えるのはCという60歳ぐらいの女性で、毎日、4週間、すべての授業とエクスカーションを担当していた。

最初、クラスは、スイス人1（女）、ロシヤ人1（男）、日本人7（男3、女4）の9名であった。かなりしゃべれるI氏は、すぐ上のクラスに移り、2人の外人さんも、禁止のはずの母国語ばかり話す日本人にいや気がさしたのだろう、1週間ほどで他のクラスに移って、日本人ばかりの6人になった。その中の1人に、大阪から来た、上沼恵美子顔負けのホラを吹くおばはんがいた。そのホラもさることながら、NZの野生ペンギンの授業で、日本にはもっと大きいのがいると言い出す始末である。天王寺動物園の皇帝ペンギンのことらしいが、野生の動物が話題なのに！　また、氷河のときには、日本にも氷河があると臆面もなく言うのには、こちらが恥ずかしくなる。そのおばはんは、2週間で帰って行った。

それからがいけない。だれも質問をしないのだ。はじめのうちは、発言を促していたCもあきらめ顔で、プリントを渡した後は窓際であくびばかりしている。そして我々5人は黙々と辞書を引く。自分では聞き取りは少しできだしたかなと思うが、発音が悪いので言ったことがCになかなか通じなく、質問が面倒になる。「質問しても、返ってくる言葉が分からなかったら恥ずかしいから」と言って、何も言わないバスガイドのHなど。彼女はかなり話せるようだったのに、ナイーブな日本人、大和撫子の典型だ。美容師のAや新潟の漁師だと言っていたT、看護師のSなどは私と似たり寄ったりで、それぞれお家の事情で質問しない。

Cを気の毒に思いながらも、あくびばかりして座っていて、どんな進み具合いか生徒の様子を見ようともしない態度に、日が経つにつれて腹が立ってきた。「我々は質問したいが、今の英語力ではそれができない。お前さんは教えるのがプロだろう。だったら、もう少し生徒の身になって手だてを考えろ（俺ならそうする）」という意味を書いた紙を手渡した。元教師の悪癖と言うべきか。それからは、俺の発音が悪くても知ったことか！　聞き取れないお前が悪いのだとばかり、横柄な態度で、辞書は全く使わず、些細なことでも質問することにした。言葉は通じなくても態度はわかる。はじめはいやな顔をしていたCだが、これが案外うまくいき、そこそこ会話が成り立つようになった。なんだ！　初めからこうすれば良かったのかと思ったが、授業は後1週間しかない。

だが、そのつけは大きかった。過程の修了式で、クラス代表が、大勢の前でスピーチをすることになっていた。上岡さんは最年長者で度胸もあるのでうってつけだと、その大役をクラスの全員一致で押しつけられた。原稿を書いてそれを読み上げたが、私のたどたどしい英語が受けたということにしておこう。

授業と関連して、ＮＺが素晴らしいと思ったことを一つだけ挙げておこう。ＮＺが１８４０年にイギリスに併合された時、マオリ族との間で結ばれたワイタンギ条約。授業でもこれを取り上げたが、その記念日に、１世紀半以上も経っているのに、新聞が２面使って、条約の内容や当時のことを詳しく報道していたことである。厳密にいえばマオリ族はオーストラリア原住民・アボリジニーのような原住民とは言えないが、先住民であり ヨーロッパ人の移住に伴い、諸権利を奪われてきた民族には違いない。その文化、伝統を尊重するＮＺの姿勢は素晴らしい。地名なども、ＮＺ最高峰、一般的にはキャプテン・クックの名を採り「Ｍｔ．クック」で知られている山も、つとめてマオリ語の「アオランギ」と呼んでいるのもその一例である。

アサ―スパスの俯瞰

左からP、D、私

エイボン川のパンチング(舟遊び:クラスメイトと)

ホエールウオッチング

ホエールウォッチングのボート

羊の毛刈り

トランツアルパイン大会参加の勇者
(コースト・ツ・コースト)

路上チェス(大聖堂前)

小さな旅

観光もこの旅の目的なので、4回ある土、日はフルに活用した。日帰りで温泉と、ホエールウオッチング。1泊2日で、二つのトレッキングに出かけた。

NZ北島の有名な温泉は知らないが、南島のそれは日本の温水プールのようなもので、温泉情緒も何もあったものではない。

クライストチャーチから北東へ190キロのカイコウラは、ホエールウオッチングの絶好のポイントとして知られている。

土佐方式のように足の遅い漁船で行き、クジラに逢えるかな？というようなのんびりしたものでなく、日本にある高速艇よりやや大き目のボートに乗り、監視タワーが潮吹きを見つければ猛スピードで追跡するのだから、遭遇する確率は高い。その日は十数頭の群れに4回出会うことができた。

群れに近づくとボートを停めて静かにウオッチング。彼らが海に潜りこめば、次の群れを探す。波しぶきをあげて豪快に走るボートも気持ちがいいが、マッコウ鯨がのんびりと泳いでいるさまや潮吹きを静かに眺め、やがて、ブリーチングというのか？　大きく尾

ホエールウオッチング

びれを上げたのち海の中に潜りこむ姿を目の当たりに見るのは豪壮なものだ。これがホエールウオッチングなのだと、カイコウラの海を存分に楽しめた。やはり映像でなく実物を見るのはいい。帰りのバスは、アザラシの遊ぶ浜辺や丘の上のワイナリーに寄る。至れり尽くせりのサービスで、英語の聞き取りを除けば、楽しい一日だった。

「今夜、夕食はない」とP(ホストマザー)が言っていたので、市内でゆっくり食事をしたのち帰路に着いた。すると、背中にゼッケンをつけた男たちが、自転車で走っている。しまった、今日は「コースト・ツ・コースト」の日だった。時間があればゴールで観戦したいと思っていたのに！

「コースト・ツ・コースト」とは、ラン、カヤック、自転車でタスマン海側の海岸・クマラビーチから太平洋側のサムナビーチまで、南島を横断するトライアスロン競技である。詳しいルートは知らないが、初め3キロ走り、サイクル(自転車)が55、15、70キロの3ステージで合計143キロ、その間にサザンアルプス越えのランニングが33キロある。高低差はいかほどのものか知らないが、山岳耐久レースだろう。その上、NZのグランドキャニオンと呼ばれているワイマキリリ川を67キロもカヤックでこぎ進むのだから想像を絶する壮大なレースなのだ。

これらの難関を見事にクリアして、栄光のゴール・サムナビチまであと4～5キロ、夕闇迫る平たんな道を最後の力を振り絞ってペダルを踏んでいるのがこの男たちだ。昔トライアスロンをやっていた私は、その苛酷さが判るだけに、次々とバスで追い抜いて行くのが申し訳ない気がする。

トップクラスで11時間以上かかるので、この時間であればバスを降りずにサムナまで行けば、ゴールの様子を十分観戦できただろうに！　鯨見物でボケた頭では、そのことに思い至らなかった。夕食をしながら毎年見ているというD（ホストファーザー）とPは、観戦を堪能して夜遅く帰ってきた。返すがえすも残念である。

トレッキング1

南島には太平洋とタスマン海を隔てる3、000メートル級の脊梁山脈・サザンアルプスが南北に通っている。それを貫いて有名な観光列車・トランツアルパイン特急がクライストチャーチとグレイマウス間を走り、ほぼその中間地点に国立公園アーサース・パスがある。NZはトレッキング天国で、いたるところに景色のいいトレッキングコースがあるが、アーサース・パスもその一つである。B&B「ベットと朝食（ブレックファースト）＝安宿」を利用してそこへ行った。

アーサース・パス駅は谷間にあり、周囲に急峻な山々が聳えたっていた。山小屋に泊まらないから時間

アーサースパス駅

を計り、行ける所まで登りそこから引き返すことになる。12時ジャストにアーサース・パス駅を出、アパランチ・ピーク・トラックを登り始めた。暗くなるまでに8時間はあるが、余り遅くなって異国の知らない宿に着くのもまずい。

登れど登れど急斜面が続く。四国・石立山以上の急な登りだ。1時間ほどで森林限界に出て視界が広がったのもつかの間、大雨になりガスも出てきて何も見えなくなった。2時間余り歩いた後、ここらが潮時と思い引き返してすぐ、登ってくる数人の若いキウイ達に出会う。彼等は上の方にあるアパランチ・ハットに泊まると言っていた。ここからハットまで何時間かかるかと聞いたが、1泊で帰るという返事だった。言ったことが正確に伝わっていない。

翌日も雨だったが、先ずディブルス・パンチボゥル・フォウルへ行った。悪魔の壺滝か！　滝つぼの大きさ深さはかなりなもので水量も豊富であるが、滝の落差がやや不足で、画龍点睛を欠くといったところか。次に昨日のトレイルと谷一つ隔てたアウント・べリー・トラックを少し歩いたのち麓に下りてきた。ケア(NZの保護鳥：オウムの一種)に注意の看板があったが、この鳥は、登山者のザックから食べ物を盗む悪さをする。

列車は2時に出る。トランツアルパインは単線で日に1往復、複線になっているここで行き違いをする。観光列車なので毎日は走っていない。乗り遅れれば大変なことになる。駅へ行くと、年恰好の似かよった一人の男が、ぶらぶらと周辺を歩いていた。外国では日本人は群がって行動しがちだが、一人で行動しているこの男、チャイニーズ、コーリアン、はたまたジャパニーズ？とお互いに品定めをした結果、日本人だった。となると話は弾む。

彼は元商社マンで、英語での日常会話には事欠かない。今回はNZを気の向くまま旅行しているが、ここまでレンタカーで来てトランツアルパインでクライストチャーチまで行く。今夜のホテルも決めていない、明日行くところも風の吹くままという旅らしい。オー、理想の旅だ。私が英語を始めたのもこのような旅がしたいがためだった。奥さんとも旅行するが、今回は愛犬が老衰で臨終に近く、その看護のために日本に残ったという。これまたいい話だ。

列車が走りだすと天気も回復して、来るときには見えなかったサザンアルプスの高原地帯が見事な景観をなして連なる。心ゆくまで眺めたいが、団体さんの日本人が、一人旅の我々に興味を持って、しきりに話しかけてくるのが煩わしい。

トレッキング２

もう一つはアオランギ（Ｍｔ．クック）の麓に行った。もちろん私好みの一人旅で、普通の観光用乗合バスに乗る。それはいい、テカポ湖畔の日本人が結婚式まで挙げる人気の「良き羊飼いの教会」など、途中の説明はすべて英語で、チンプンカンプンなのが玉に瑕といったところか。宿も当地には、１６４室の豪華ホテル・ハーミテージがあるが、シンプルなユースホステルにした。シンプル過ぎて食事は自炊である。

初日は、飛行機でアオランギから流れ下るタスマン氷河に下り、氷河ウオーキングと思っていたが、そのアクティビティは最近やってないという。やむなくフッカー・ヴァレー・トラックを歩く。フッカー氷河の下流域を歩く平坦なトラックで、人気があるコースだが、氷河が大幅に後退していて、灰色の谷間を歩く、花も少ない、感激も少ないトラックだった。

翌朝6時ごろ、真っ赤に輝くラ・ペロセ（3、078m：アオランギの隣のピーク）を部屋の中から眺めたのち、シアリー・ターンズ・トラックに行った。こちらは山登りで、傾斜はきつい。氷河に深くえぐり取られたU字谷の底からピークを目指すのだから当たり前だ。どこまで行くのか知らないが、現地ガイドに率いられた15、16人の日本人中高年トレッカーを追い越す。1時間半ほどで標高差500メートルを稼ぎ、1、250メートルのビューポイントに出た。そこは岩場のテラスになっていて、小さな池もある。ラッキー！ 丁度若い水着姿の女性2人が、青白く光る氷河をバックに水浴びをしていた。そばに連れの男がいなければ完璧で、絵にも写真にもなる。

おっと！ 景色も忘れてはいけない。フッカー谷を眼下に、白銀に輝くアオランギが目の前に大きく聳えて美しい。水場になっているのか4、5羽のケアが飛んでいて、アオランギをバックにいい写真が撮れた。アーサース・パスで見かけたときは、「ザックの食べ物を盗み食いするいやしい泥棒鳥、冴えない奴め」と見下していたが、雪山をバックに悠然と大空を飛翔している姿は格好がいい。

後1時間半ほど登れば山小屋があり、そこから朝焼けのアオランギが美しいらしいが、ガイドをつけて1泊しなければいけないルールなので、その余裕はない。しばらく景色を楽しみ、あと30分ほど登ってから引き返した。アーサース・パスでもそうだったが、授業をさぼって山小屋に泊まるなど、もう少しトレッキングに精を出すべきだったかなと悔やまれる。

また、私が最も行きたかったトラックは、世界的に有名なミルフォード・トラックであった。だがこれには4、5日かかり、かなりの日数授業を休まねばならないので自重した。帰国して2年後、山の会のメンバー10人でミルフォード・トラックを計画し、旅行社に頼む段階まで進んでいたが、あるトラブルで中止になり、再びチャンスはないかもしれない。残念である。

クライストチャーチは、日本人があふれていた。ふた昔も前、テレビの司会で鳴らした大橋巨泉氏が経営するみやげ物店もあり、店では日本語が公用語である。土産を買うと、安全、正確に日本の家まで送ってくれるので便利だ。日本人でごった返していた。ここアオランギはそれに劣らず日本人観光客が多い。ハーミテージで遅い昼食を摂っていると、土佐弁が聞こえてきた。10日間のパック・ツアーで来た高知市の女性3人で、山やトレッキングが主体ではないようだったが、彼女たちはここでもあまり時間がないらしい。それぞれ旅のスタイルはあるが、私は自由に歩ける個人旅行が最高だと思っている。

アオランギとケアー

岩場の池にて

フッカー谷から見るアオランギ

モルゲンロート(朝焼け)

フッカー谷

ホームステイとクライストチャーチ大地震

ステイ先は市の中心地から南へバスで35分、リゾート地・サムナ・ビーチのすぐ近くの閑静な住宅地にあった。市を取り巻くように流れ下るエイボン川が砂嘴をつくり、外洋を隔てて小さい湾が形づくられている。その湾の入口にあり、家から5分も出れば、汐の満ち干や、海鳥を眺めることができる。湾内は野鳥（おもに海鳥）のサンクチュアリー（鳥獣保護区）でもあり、午後予定のない日は途中でバスを降り、図鑑を片手に生態を観察した。休日には、ボードセーリングのカラフルな帆がはためく。カヴェンディッシュ山（標高400m・夜景の美しい観光地）から続く丘が海にせまり、その山際にある大きな家に、ホストファミリー・DとPが住んでいた。Dは曾祖父の代にアイルランドから移住してきたと言っていたが、Pも同系統らしい。

Dは私より2歳年上の71歳（2005年現在）。190cm近くあろうかという大きな男で、若い時ラグビーをやっていたという。NZは年金が少ないので（65歳からあるらしい）**「老後に備えて働いている」**と言っていた。仕事は、日本から日産ジーゼルの大型車を輸入し、販売や修理をしていて、日本にも6回行ったことがあるらしい。彼の会社にも行ったが、ガレージに大きな車が4、5台あった。休日で従業員はいなかったが、彼はその会社の経営者・社長なのだ

気さくでビールが好きな人で、私と毎晩飲んだ。ここが外国人の感心なところだろう、毎晩6時頃には帰ってくる。初めのうちは「学校などに頼らなくても、俺が英語を教えて

やる」と言っていたが、終いには二人とも諦めてしまった。私が山好きなのを知って、「Mt．クックで1、500メートル滑落した登山者が、奇跡的に救われた」など新聞を見て話してくれたりしていたが、私が「いつのことだ」と聞くと、ザダイ、ザダイと言うばかり。そうとしか聞こえない。遂にこんな言葉もわからないのかと新聞を見せてくれたが、SATURDAY（サタディ）土曜日だった。NZでは日はデイでなくダイ、こんがらがって死んでしまいそうだ。万事この調子であるからあきらめざるを得ない。

滞在中に一度、ホットスプリング（温泉）かグレイシャー（氷河）かどちらかへ連れて行ってやるとDが言う。もちろんグレイシャーと答えた。アオランギからタスマン海側に流れるフランツ・ジョセフ氷河やフォックス氷河は有名で、行きたい所の一つであった。短い滞在中には無理かなと思っていたので、渡りに船である。しかし、それにはマンツーマンで3日はDと付き合わねばならない。この会話力で！と思うと日が経つにつれて憂鬱になり、日帰りの温泉に切り替えた。

温泉に行く途中、NZでよくやられているバンジージャンプ場へも寄った。断崖絶壁に架かる吊り橋の上から、猿回しのサルよろしく、ゴムバンドをつながれて川底に向かってジャンプする。このようなエテ公のごとき振る舞いは、断じて日本男児のすることでない。年劫者の英知か、それとも単に年を取ったための躊躇いか？　または、高さに怖気づいてひるんだせいか？……もう少し若ければ多分やっていただろう。

帰りに南島で最も古いホテルに寄った。軽く一杯ということになりビールを飲んだが、俺のおごりだとDが言う。それは悪いので二杯目は私が出そうと言って次を呑む。アルコールの好きな二人だ、そんなことが4、5回重なった。小ジョッキほどのグラスだが、その量を呑めば結構いい気分になる。運転はPに変わると言っていたのにDはそのまま運転席に座り、Pも何も言わない。多分に亭主関白気味のDなので、あきらめているのだろう。走りだすと速度は90キロは出ている。広い直線の続く道路なのでまぁいいか。「NZでは飲酒運転を取り締まらないのか」と聞くが、「それもあるにはある」と、歯牙にもかけてない。道路も広く、交通量も少ないのだから、日本のように厳しくないのだろう。

Pは専業主婦で、老人の散髪に行くなど、いろいろなボランティア活動をしている。絵を描くのが趣味で、風景写真や花などを模写したものをよく見せてくれたが、裏山を利用したガーデニング（庭作り）も趣味の一つである。クライストチャーチはガーデン都市として有名だが、彼女たちのような女性がそれを支えているのだろう。花市場などもよくあると言っていた。

キルティングや縫物も好きだが、料理も上手である。日本人を中心に留学生を受け入れているが（広い部屋が二部屋あり、今回は私一人）、学生たちはいつも肥えて帰ると言っていた。朝食はトースト、トマトジュースと案外質素だが、夕食はボリューム満点、味もいい。食後の、これまたボリュームのあるスイーティ（デザートの菓子）とくれば、太らないのがおかしいぐらいで、私は、スイーティは半分にしていた。

そろそろミソスープが恋しい頃だろうと作ってくれたが、これはあまりうまくなかった。日本人留学生の土産なのだろう、Ｐは、みそや日本酒などもキープしていた。翌朝Ｐに断って、持って来ていたインスタントみそ汁を2週間ぶりに食べたが、ミソスープが血管の中を駆け巡り、体中の細胞を生き返らせてくれるようだった。普段意識していないが、食習慣とはこのようなことかと、改めて思った。それからは毎朝みそ汁を作り、食事には全く困らなかった。

洗濯物は下着、パンツにまでアイロンをかけてくれる。すぐそれに気づき、以後パンツは自分で洗うことにした。ＮＺでは水道料が高く、水を大切に使っていた。気候の変動が激しく雨はよく降ったが、長くは続かず雨量は少ない。また、日本より小さい島なので、島全体の保水量もそれほどないのだろう。

私ほど話せないのはいなかっただろうが、Ｐは長年留学生の面倒を見ているので、こちらの言わんとすることは勘で判るらしく、会話も日常の簡単なものなので、彼女とは少しは話もできた。

夜、近くの丘に登り、サザンクロス・南十字星を求めて満点の星空を仰ぎ見る。2月といえば日本では真冬である。ああ、俺は今南半球にいるのだとの感慨とともに、草の上に坐して思索？に耽る。素晴らしいステイ先に当たったと感謝している。

帰国後、一度礼状を書いたが、次に仲間とミルフォード・トラックに来る時、訪ねて行って驚かせてやろうと、文通をしないまま、ミルフォードが中止になってその機会を逸してしまった。

ところが２０１１年のクライストチャーチ大地震である。リトルトンが震源地らしいが、ステイ先とは丘を隔て直線距離で10キロと離れていないだろう。エクスカーションでリトルトン湾に行った時、ガイドがボルケーノ、ボルケーノ（火山、噴火口）と連発していた。湾口まで船で行ったが、入り口はせまく奥の方へ円形状に断崖が続き、鉄分を多く含んだ赤茶けた地層が縞模様になって重なっていた。火山の噴火口「お釜」に海水が入り込んだものと思えばいい。どれぐらい前の噴火だか聞きもらしたが、リトルトン湾は大昔の火山の噴火でできた湾である。太平洋プレートとオーストラリアプレートがぶつかり合うプレートテクトニクスの理論、東日本大震災と同じメカニズムでこの地震も起こったのだ。北島には温泉も多く、富士山に似た山もあると聞く。

　毎日前を通った大聖堂は崩壊し、バードウオッチングをした通学路は、液状化現象で泥沼化している。散歩をしたこともあるササムナ・ビーチ近く、丘の中腹の家々は崖崩れで土台からくずれ落ち、削り取られた山肌が痛々しい。テレビで見ていて、場所が分かるだけになおさらだ。ＤとＰの家が映らないかと目を凝らすが、ビールを買った近くのストアなどは写ったが、ステイ先は出てこなかった。液状化はないだろうが、裏山が崩れれば家の半分は埋まるだろう。鉄筋の頑丈そうな家だったので、倒壊はないだろうが……。二階が居間や寝室なので、本人たちが土に埋まる事もないだろうが……心配は次から次へと出てくる。

　阪神淡路大震災10年目の日に、地元新聞に載った記事をＰが見せてくれて、それを話題にしたこともある。そのようなことが我が身に降りかかるとは思いもよらなかっただろう。彼らの被害の程度はわからないが、ただただ痛ましい。

災害直後はともかく、一度は連絡をと思うが、電話番号、住所などを紛失して連絡のとりようがない。申し訳ないが、陰ながら二人の無事を祈り、災害に負けずに頑張ってもらいたいと心から願う。

最後になったが、犠牲になった多くの若い日本人留学生のご冥福を心からお祈りしたい。合掌！

森の雑感

この章は、退職後十数年間の私の履歴書といってもいい。

退職時に思っていたこと

私は、教員になって1年半ほど中学校に勤めたが、あとの30数年は、高知県の高等学校林業科で教鞭をとっていた。林業科といっても一般的にはなじみが薄く、どのようなことを勉強しているのかわからない人も多いだろう。教科の中身を大まかに言うと、1、樹木の生態を知り健全に育てることを学ぶ分野、2、木の伐採方法や林業機械、測量、林道、砂防ダムの設計などにかかわる分野、3、木材の性質を知り、その特性を生かした加工、化学的利用を学ぶ分野、4、木材の測り方、森林・林業の経営方法や林業法規などを勉強する分野に分かれる。私は主に林業経営を担当していた。

授業時間の3分の2弱は一般教科だが、生徒たちは3年間かけて、演習林（実習林）実習を含めて専門教科を学んでいた。時代や学校の方針によって異なるが、私が勤めていたころの高知農業高校では、3年間で約80日、山奥の演習林宿舎に寝泊まりして実技を勉強していた。演習林では、教科に関する実習以外にも森林管理実習があり、炎天下の下刈り作業など体力のいる厳しいものだった。教員（4名）は2班に分かれて行くので年間40日ほどだが、これまた相当の体力を要し、私がジョギングを始めたのは体力つくりも兼ねていた。おかげで今の健康を保っている。

今日では木材の利用法は、家を建てる建築用材、家具用材、紙を作るパルプ用材などが主であるが、昭和30年ごろまでの日本は、木材の半分強を、ご飯炊き、風呂沸かし、火鉢の炭など燃料として使っていた。そのため森林面積の半分以上は雑木林・薪炭林であった。

その後、石油、ガス、電気が燃料の主体になり、これらの林が要らなくなった。そして政府は、雑木林を経済的にもより価値の高いスギ、ヒノキの人工林に変える政策・いわゆる拡大造林政策を多大の補助金を投入して展開した。その結果、日本の森林面積の41％・1035万ヘタールが人工林に変わった。森林に分類されている土地にも、高山地帯や荒れ地など、樹木の生育に適さない土地もあるので、これはとてもない

林業機械見学実習

比率であるが、高知県などでは人工林率71パーセントを超えているのだから、目に付く林がほとんどスギ、ヒノキの人工林だといえる。

同時に、高度成長政策に伴う木材不足を解消するために、外材の輸入を全面的に自由化し、外国の安くて品質の高い木材が多量に日本に入ってくるようになった。その外国の木材に押されて国産材価格が低落して、林業が経済的に成り立たなくなり、多くの手入れを放棄された人工林が生まれた。また大量の木材輸入は、熱帯雨林を破壊し、シベリアでは地表を覆う森林が伐られたため地温が上昇し、永久凍土が融解して、土地が陥没するなど環境破壊がとりざたされている。

私は授業で、ビデオの映像を使って、熱帯雨林破壊の状況とラワン材など南洋材の日本への輸入量とのかかわり、それが地球環境に及ぼす影響などについて話し、また、1000万ヘクタールに及ぶ人工林の間伐が今後の日本林業の大きな課題であること、その困難性などを取り上げて話していた。そして退職後は、同好の士を募ってボランティアで間伐を進めていきたいと考えていた。

森に関わる活動

タイミング良く退職した年、高知県がグランドワーク運動を推進すべく、その先進国であるイギリスへ見学に行く視察団を募集していた。グランドワークとは、行政、企業、ボランティア団体が力を合わせて、環境保全や生活改善などを進めていく組織である。これは参考になりそうだと応募して、運良く行けることになった。

　イギリスでは、行政の補助金、企業からの賛助金もあるが、ボランティア団体自身が事業を起こして資金を稼ぐ、そのために有給の専従スタッフ７〜８人がいて事業計画を立て、無給のいわゆるボランティアの人々を組織してその事業を進めていくという大掛かりなもの、日本の第三セクターのような組織であった。私が考えていたのはこのような大掛かりなものではない。退職者４、５人が集まって、承認を得た個人の山の手入れを細々とやるぐらいの構想であったからあまり参考にならなかった。

自然観察会

　小規模とはいえ間伐を進めるためには山に関わる人々を知ることだと思い、間伐とは少し性質が異なるが、手始めに森の案内人・森林インストラクターを目指した。
　一般市民を森に案内して、水資源の確保や洪水の調整、土砂の崩壊を防ぐなど国土保全に及ぼす森の作用、二酸化炭素の吸収固定、大気浄化などの環境を守る役割を理解してもらう。人の心をいやすセラピー効果や山登りの素晴らしさを体感してもらう。その案内人が森林インストラクターである。林野庁が音頭をとって、平成3年にこの制度ができた。私は退職の年・平成8年に資格を取ったが、林業科の教師といっても分野が違うため、森林の生態や樹木名をあまり知らなかったので苦労した。私の認証番号は４３１番で、平成25年には全国で３、０７１人の森林インストラクターが活躍している。

高知県では高知営林局(現森林管理局)指導普及課のS氏、高知県森林政策課のT氏などが企画立案して、平成7年に森林インストラクター養成のために、森の案内人養成講座が開講された。高知県在住の植物や動物などの権威者十数人を講師に、1回4時間、通算20回ほどの講座であった。長時間の講座にもかかわらず、折からの自然志向ブームとマッチして、受講者５００人を超す盛況で、3年間続いた。そして座学だけでなく、野外に出て実技を身につけようと、平成8年に高知森の案内人くらぶが結成され、私が事務局長をすることになった。

同くらぶは、森林インストラクター養成も目的の一つであり、その活動は多岐にわたる。集団で行うキャンプの指導、安全な山歩き、植物、動物の生態を実地に学ぶ、救急法など安全面、森の案内人養成講座の企画運営等々……。

森林ボランティア

その後、全国的に同様のくらぶが生まれたが、行政「高知県森と緑の会」とボランティア団体「高知森の案内人くらぶ」が連携して活動している成功例として、林業関係の全国誌に大きく報じられたこともあった。最盛期には250名のくらぶ員を擁し、年間計画づくりや諸般の会合、また、月に1～2回ある土日の行事やその準備などで事務局は結構忙しい。その上、個人的に小学校へ出向いて森林教室などをしていた。まず強烈な悪臭のするクサギといい匂いのするニッケイを対比して、そのニオイを嗅がせることから始めると、子ども達は、すぐ乗りのり気分になってきて、樹木の特徴なども頭に入りやすくなる。そのために庭にニッケイを植えていた。そんなこんなで、フルタイムで働いているように毎日忙しく動いていた。

その後、会長のT氏が、政府開発援助ODAの森林開発プログラムでブラジルに行くことになり、私が会長を引き受けた。だが、会員の大半が現役の勤務で忙しいこと、10数年たつと企画のマンネリズム化、自然志向ブームがやや下火になったことなどが重なり活動が次第に先細りになって、平成21年、くらぶはついに解散することとなった。

間伐については、森林救援隊などの名前で間伐、森の整備を進めるボランティア団体が幾つかできて、その活動にはよく参加したが、自分では組織を立ち上げることができなかった。

熱帯雨林

平成9年、前出の高知県森林政策課のT氏に、フィリピンの植林ボランティアに誘われて参加した。

苗木代その他植樹に必要な経費は、高知県森と緑の会の公募事業として資金援助を受け、フィリピン・ネグロス島の水源林を造成しようというもので、本年10ヘクタール、以後毎年5ヘクタール、8年間で50ヘクタールの林を造成する計画である。ネグロス島に白羽の矢が立ったのは、高知県出身のD氏(同じ職場で勤めたこともある)が、先の大戦で多くの戦友を失った地であり、退職後ネグロス島へ移り住み、遺骨の収集や日系二、三世の生活水準の向上に尽力されており、日系フィリピン人支援の会もある島だからだ。

セブ島まで航空機、フィリピン航空のストのため、そこからネグロス島までバスで、山を越えフェリーで海を渡り1日がかりで行った。その途中で見た森林破壊の様子は、私の予想をはるかに超える激しいものだった。全山、頂上まで伐りつくされて樹木は全く見当たらない。所々に粗末な家(小屋)があり、それを取り囲むようにバナナなどが生えているが、他は熱帯特有の赤々とした土壌・ラテライトがむき出しになっている。雨季の初めだというのに谷に水は全くなく、出水時の浸食の跡が生々しい。ここまで土地を荒廃させるとその回復は困難であるが、それは次のようなプロセスで発生する。

まず日本商社の息のかかった業者が輸出用の大径木(1ヘクタールに数本から十数本しかない)を伐り、搬出用の道を作る。その道を利用して残った中径木を地元の業者が伐り、更に小さな木は住民が伐って燃料とする。伐採跡地を焼畑にして、作物ができなくなればヤギを放牧して草を食わす。そして一草木もない、赤土むき出しの荒廃地ができ上がる。

海沿いのマングローブ林も悲惨な姿をしている。日本に輸出するエビ・ブラックタイガーを養殖するために伐られているのはよく知られているが、これにヤキトリやウナギのかば焼きが加担する。マングローブから堅くていい炭ができるため炭材となり、毎年4万トンもの炭が輸出されているからだ。病気が発生して使い物にならなくなった養殖池は、赤く濁った水溜まりとなり、熱帯の太陽のもとに醜い姿をさらしている。

ネグロス島についてはＮＦＥＦＩ（ネグロスフォレスト&エコロジーファウンデーション協会）から話を聞いた。

１８４０年頃は、島の面積の70パーセントが森林に覆われていた。その後、砂糖のプランテーションが始まり、低山地域の森はすべてサトウキビ畑に変わり、森林率40パーセントになる。マルコス政権時代（１９６９～１９８６年）に森林の伐採権を多発して森林破壊が進み、今では高山地帯にわずか２パーセントの森林が残っているという。それまでは無価値と思われていた森林が金になる。これに目を付けた政権を取り巻く利権集団が相当あくどい事をしていたと、ＮＦＥＦＩの職員は話していた。マルコス時代の伐採は日本が大きくかかわっている。だがこの島は、サトウキビ畑の緑や、山には灌木も生えていて赤土の剥きだした荒れ地は少ない。しかしながら土地は一部の大地主が持っていて、住民は家を建てる土地もままならないとのことだから、森林の再生は大地主の意識に左右されるだろ

フィリピン植樹ツアー

う。

　植林の場所は標高７５０メートルほどの農耕地との境で、高さ２、３メートルの木が既に生えている。そこに筋状に植え穴を掘って、苗木まで入れてある。土をかぶせて踏み固めればいいだけの状態で、植樹ツアーに18名も参加しているのに皆で1日僅か２００〜４００本植えるというノルマだった。同行の林業自営者で働き者のY君（高知農業の教え子）なら、1人で1日かからないだろう。それに抗議すると、土が硬いから、傾斜がきついから、暑いからなどNFEFIは弁明していたが、植樹は1時間で終わった。

　この場所はいろいろな国の看板もあり、各国のボランティア団体が継続的に植林している場所らしい。植林をしなくても木が育つ場所を提供して、イベントとして木を植え補助金を稼ぐ、詐欺とまで言わないが気分は良くない。初めの意気込みはそがれたが、この植林計画は日系人に働く場を提供することや援助も兼ねているので、もやもやは胸に収めて、郷に入れば郷に従えということにした。

植林2日目は、真面目に木を植える気にならず、山の上の熱帯雨林まで足を延ばすことにした。案内人をつけてもらい10時に出発して13時に戻るという条件付きだが、急げば行けない距離ではない。小路を行くと、やがて10メートルほどに成長した二次林（伐採跡に自然に育った林）になり、半ば腐った大きな切り株もある。大径木を伐ってもその跡を破壊し尽さなければ、森は再生する証拠だ。ここは標高が高く傾斜もきつく不便なので、住民が入れなかったのだろう。

闘鶏飼育場

事前にD氏から聞いていた辺りに旧日本軍の壕あとがあり、半ば腐った坑木にサルノコシカケ（キノコ）が生えていた。取ってきてD氏に渡すと、戦友の魂がこもっているかもしれないと喜ばれていた。更に行くと、急峻な山の上部わずかに原生林が残っていた。しかしそこまでは道がなく、中に分け入ることができない。対岸から見る森は、大木に付着した着生ランやヘゴの木、林床には大きな葉をしたクワズイモ、写真でよく見かける熱帯雨林の風景だ。ごく一部であるが、目の前に見ることができたのに満足して引き返すことにした。

ネグロス島は火山島なので、急峻な山の中腹から、なだらかな起伏の丘になり、裾野の草原、サトウキビ畑となって海に続く。この広大な草原こそ森林に復元すべきだが、そこは大地主の所有地で、広い草原は闘鶏飼育場になっている。草原に木杭を打ち込み、細引きでつながれた闘鶏が何万羽も飼われていて、鶏の世話をする雇い人の粗末な小屋も近くにある。病気を防ぐために定期的に場所を移動するのだろう、杭だけで鶏のいないスペースもある。打ち込んだ杭から芽が出て葉を茂らせているのだから、ここでは挿し木で森の再生も容易であろう。

今回の植林ボランティア同行者の中には、自分たちが植えた木が立派に育っている様子を数年後に見に来たいと、期待を膨らませていた人もいた。この感覚は大切である。だが私は、もう少し冷めた目で見ている。善意のボランティア活動は必要だが、自己満足に過ぎない。

熱帯雨林の保全は、先進諸国による開発途上国の資源収奪、現地住民の貧困を解決しない限り、達成することはできないだろう。

豚もおだてりゃ木に登る

豚もおだてりゃ「ラン」の本

18年前「ラン」を書き、定年退職のあいさつを兼ねて先輩、同僚、知人、ランニング仲間などに送ったところ、意外に好評で、多くの返書を頂いた。100キロメートル走るウルトラマラソンやトライアスロンなど、非日常的なことを書いたのが受けたものだと思っている。また、出版社の編集に携わる若いスタッフに、何か伝わることがあったのだろう、このまま私費出版に限定しておくのは惜しい、わが社で出版、販売させてほしいとの話があった。私にとっては有り難いことで否応はない。何冊売れたか知らないが、高知市を中心に高知県の書店に並べられたこともあった。配布漏れの2、3の知人から、書店で買ったが面白かったという手紙、電話があり、悪かったな、本来は謹呈すべきであったのにと思ったことだ。また、安芸タートルマラソン閉会式のアトラクションで毎年踊っている元気な高校同級生の女性は、しょぼくれた男たち(同級生)に回覧すると言っていた。

「はじめに」に書いたように、その後の20年を、「続ラン」として書こうという気持ちは初めから持っていたが、これらの便りが励みになり、続編を書くエネルギーになったのも事実である。

ところで、「豚もおだてりゃ木に登る」という慣用句がある。物の本によると、「褒め上げると豚でも木に登ってしまうという意味で、能力の低いものでも煽てると、懸命になってやって、ともするとやり遂げてしまうということのたとえ。また、煽てられて調子に乗っている人間を揶揄する言葉としてしても使われる」とあるが、その時の私の心境を言いえて妙である。

過分のお褒めの言葉が多く、自慢めいて気が引ける上に、私信を公にするのも憚られるが、18年たてば時効だと大目に見ていただいて一部その手紙を披露し、私の舞い上がりぶり、豚ぶりをお目にかけよう。手紙の中の前後のあいさつなどは省くが、頂いた文章をありのまま書かせてもらった。

☆

今年退職の上岡積氏に「らん、ラン、ＲＵＮ」という本を頂いた。昨年高知新聞の記事で彼のランニングを知り、（あれあれ）と思っていたのでさっそく読ませてもらった。三八歳の肥満体の時一念発起、ジョギングからはじまって、鉄人レースといわれるトライアスロンに挑戦するまでに到るランニングへののめり込みが語られている。

体験談だからか、本人を知っている故か、けっこう面白い。

よくぞここまでやれるものと感嘆する内容だが、大上段に振りかぶったところがなく、語り口が軽妙でほほえましい。奥さんはじめ子どもさん達の対応にもふれられているが、心温まるものがある。

初期に科学的トレーニング、走法を学んで感激するくだりがあるが、これがずっと続けられるきっかけだったようである。次から次に高い目標を設定し挑戦する姿には目を見張らされる。フルマラソン（42.195キロ）からウルトラマラソン（100キロ以上）、はては250キロのマラニックまで参加したという。完走のみでなくリタイヤーもあり、伴う残念さ、苦痛、失敗なども語られているが、それがまた清々しい。

彼は好奇心旺盛でランニングだけでなく、なんでも「やってみようか」となるらしい。とりわけ自然の中に身を投じることに衝動を覚えるようである。終わりの方に「憧れのアウトドアーライフ」とあり、ここらが彼の真骨頂かなと思える。最後に「山の会に入って」とあり、以前から卓球はなかなかのものと聞くし、最近はテニスを手がけている。本人は「初物食い」と自称しているが、本来の彼の持ち味がそうさせるのであろう。「自然や、身体活動に対する感受性の豊かさ』とでも言えようか。

最後に小生の小人物的感想「よくもまあ、これほどあちこちに出かけて行ったもんじゃ。ちゃんと仕事はできつろうか?」私一人の「ひがみ」であろうか。

（高退協ニュース『老・眼・鏡』＝本を紹介する欄より）

☆

先日は錦著「らん、ラン、RUN―楽しく走って20年」ご高配に預かり有難うございました。石川県輪島市の宿（全日本競歩大会引率）で一気に拝読させていただきました。紙面より改めて先生の「走」に対する思い入れ、情熱を痛感し、感激いたしました。また私の知り得なかった先生の生いたちや競技歴、そして失礼ながら文学的才能のすごさに感服いたしました。

先生はよく「自分はエリートランナーではない」と言われておりましたが、私はかって「エリートランナー」を目指した一人でした。そして競技をやめてからは、楽しみで健康マラソン等に出場しようと思っていたのが、「エリートランナー」を目指した者のささやかなプライド」のようなものが心のどこかに残り、「知ってる人も多いのに、後ろの方を走るのは格好悪い」と出場を思い切る事ができなかったように思います。あげくは運動不足による体重増加というお決まりのコース……。

しかし私ももはや40の声がかかりはじめました。若いころのような考えも変わってきております し、心身のフレッシュの為のランニング効果も充分わかっています。先生は38からランニングに目ざめたとの事、私も先生を見習って少しずつまた走り始めよう、やるなら今だ、などと拝読後、思い始めております(さて、実行できるか否かは?・)。

先生におかれましては退職後も「森林インストラクター」として、また「ウルトラマラソン」完走を目指して、さらに海外へと、ますます活躍の場を広げられる事と思いますが、どうか無理をせず、お身体には充分気をつけられて下さいませ。

私も先生の言われます「継続は力なり」と「終生これ現役」を念頭に自分なりに頑張っていきたいと思います。……

☆

読ませていただいた「らん、ラン、RUN」、じつに楽しい内容で、いったん手にするや否や、ほとんど一気に読み終えることができました。正直言って、日ごろスポーツ関係のものや、随想や、個人記録の書類はほとんど手にしたことがなく、また関心もない人間ですから、ほんとに意外でした。上岡さんがこんなにすぐれた文章の達人であるとは知りませんでした。これは読者に、希望と勇気を与えてくれる本、おおげさな言い方に聞こえるかもしれませんが、人間賛歌の本だと思います。

じつに無駄のない、平明な自然体の文章です。文章の基本は達意にあると言えますが、そういう意味でも筆者の伝えたいことがストレートに読者に伝わるいい文章だと、感嘆しました。自分自身も含め、書くべき対象を確かな平静な目でとらえていますし、決して過剰にならないで、しかも的確に喜怒哀楽が表現されていて、読者は何の抵抗もなく上岡積の世界に引き込まれてしまいます。ランニングの経験も知識もない人間にも、その世界がすなおに理解されます。その意味ではすぐれたランニングの入門書、啓発の書にもなり得ていると思います。

内容的にいえば、これは私的・個人的な体験の記録といえますが、決して狭い私的領域に閉じられてはいず、かぎりなく人間肯定の、外に開かれた普遍的な書となり得ていると思います。そしてそれを生み出したのは、もちろん上岡さんご自身の資質があればこそのことですが、同時にそれは、同好の仲間たちとの深い心の交流によって培われていったものでもあろうと思いました。そういう人間のつながりを持たないわたしにとって、それは大いに教えられる点でした。同じような仲間とはいえ、わたしたちの文学の世界とは違うものを、感じないわけにはいきませんでした。共通のルールに基づく共感性の高い全人的なスポーツの世界と、きわめて孤独な、個人性の強い文学の世界との差異といったものを感じました。………

☆

さて「らん、ラン、ＲＵＮ」ありがとうございました。私も多少は本を読む方ですが、最近読んだ本ではもっとも面白い本で、ページを置かずに読みとおしました。

私がすばらしいと思ったのは次に三点です。

1、豊かな人間性が貫かれ、上岡先生の人柄がにじみ出ていること。これは思想性の豊かさということかも知れません。

2、スポーツのあり方についていろいろ考えさせられたこと。競技スポーツ生涯スポーツのあり方について、いろいろ主張がありますが、スポーツ団体に関連して生きているものとして、「さわやか」な中にも考えさせられることが沢山ありました。スポーツが主体だけに「さわやかさ」もこの本の特徴でした。

3、文章がうまいこと。これはこの本の最大の特徴であるように思います。先生の文章を今まで読んだことがなかったので、正直いっておどろきました。「すばらしい」の一語につきます。

えらそうなことを書きましたが、とにかくこの本の中に先生の生活が光り輝いていると思いました。この出版にあらためて敬意をあらわしたいと思います。……

☆

先日行きつけの書店にＴＪ誌（トライアスロン・ジャパ誌＝筆者注）の8月号を買いに行った時、偶然、上岡さんの「らん、ラン、ＲＵＮ」の本を見付け、さっそく家に買って帰り一気に読んでしまいました。

最初から順に読みながら、私などとても及ばない戦績のすごさに圧倒されながらも、ランニングやトライアスロンを始めたきっかけが自分に似ていて、何処か共感を覚えました。私も二十代後半、自称「土佐人」と言わんばかりの大酒呑みの不摂生で、身長１６６センチ、体重80キロの超ブタでした。さすがにこれではいけないと思い立ち、最初2キロ位のジョギングから始め、だんだん走ることが面白くなった頃、室戸のロードレースや浦戸湾マラソンに参加したものの、年配の人や女性にあっさり負けたのが悔しく、少しずつ距離を増やしながら今日まで走り続けています。

トライアスロンを始めたきっかけは、私もトライアスロンは変人の世界で、取り合う世界ではないと思っていましたが、89年の琵琶湖大会のVTRをテレビでやっていたのを偶然見ていた時、同業の京都か滋賀の若い女性が、完走インタビューを受けてキャピキャピとはしゃいでいるのが映り、こんな小娘ができて自分にできないはずがないと思いこみ、その足でサイクルショップに走り、春野のプールに通い始め、今では取り合うまいと思っていた変人の世界にはまっています。

トライアスロンを始める前は、ランニングと登山もやっていて、三嶺や石鎚、剣山など四国の山だけでなく、年1回は日本アルプスにも遠征して富士山をはじめ、北岳や穂高連峰、白山などにも登りました。

おかけで、80キロあった体重も悲壮なまでのトレーニングの効果で、一時62キロまで減量しましたが、腎臓結石や貧血などでダウンしドクターストップがかかりました。……（中略）……駅伝やフルマラソン、ロングのトライアスロンなどを含めて、年間15レース位こなしていましたが、四万十100キロや皆生トライアスロンを完走しているうちに、妙な満足感とともに燃え尽き症候群にかかり……（中略）……そんな時、上岡さんの「らん、ラン、ＲＵＮ」と出会い、とても勇気づけられました。
私も、一回の人生ではとてもやり遂げられないくらいの趣味を抱えていて、言い出した以上仕方なく腰を上げ、仕事をする間も惜しんで次にすることを考えています。それと、引退後の準備ではありませんが、今、日本赤十字社の急救法や水上安全法の講習を受講し、これまでの助けられる側から助ける側に回って、ボランティア活動をしたいと思って資格取得に奔走しています。上岡さんも、これから益々いろんなことに首を突っ込み頑張ってください。

目標を失いかけた時、本当にいい本に出会いました。ありがとうございました。

☆

「らん、ラン、ＲＵＮ」「四国のざれみち」共に、昨日読ませていただきました。挿入のカードに「退職に際して、まとめたものが仕事と関係のない……」云々とございますけど、私と致しましては、職場でもご家庭でも、亦、走っておられる時も、教育者としての思いと云ったものが、押しつけがましくなく、そこはかとなく漂っていて、それが殊に心に残っております。小動物に、ちょっとぐみの実を残しておいたり、女性と一緒に走ってあげたり、ひ弱なＨ君への配慮や、ラーメンの賞品。富士山走での通信、などいい。それに大事を決行するための遠望深慮などは、世の多数のせっかちな御主人たちに読ませたいです。

フルマラソンの最高記録は、3・21・12秒とありますから、考えようによっては、プロと何かあまり差がないみたい。ジョガーの出身なんですもの！　長距離と言えば、42．195キロのことと思っていましたから、100キロ、250キロ、さらに鉄人レースと、ぐんぐん腕をのばされた根性に脱帽です。しかも、大して身体も病まず、老後にと、森林インストラクター証まで入手されるとは。走破へのさまざまな記録は、将に小説より奇なりに近いです。

最後に母上のこと、御兄姉皆さん、親孝行で。御存命でも、まだ100歳になられない位でしょうね。……

北海道旅行

そのⅠ

私はこれまで北海道に6回行ったことがある。サロマ湖百キロマラソン、日本海オロロンライントライアスロンなどレース目的の短期日の時もあるが、退職後は妻と二人でキャンピングカーに寝泊まりして、一ヶ月単位で二度、北海道各地を訪れた。

最初は1999年6月末から7月末にかけて、日本海、オホーツク海側を回った。

概略は、舞鶴からフェリーで小樽にわたり、積丹半島を往復したのち、札幌、滝川を通り留萌市に出て日本海を北上し、宗谷岬を回りオホーツク海に添って知床半島まで行った。網走まで戻り、そこか

利尻岳

羅臼岳

ら内陸部に入る。屈斜路湖、摩周湖、阿寒湖、層雲峡などを経て小樽に戻ってきた。

その間に暑寒別岳（雨竜湿原まで）、利尻山、斜里岳、羅臼岳、大雪山に登った。また、海鳥の楽園として知られる天売島や、宗谷岬、サロマ湖、知床半島は言うに及ばず、沿道にある小さな町の博物館までしらみつぶしに回ったから、道はなかなかはかどらない。その間の出来事を日記風に30ページにまとめているが、ドジな話2題と、大雪山を抜き書きする。

6月25日午前4時、小樽港に着く。さあ行くぞと張り切って車に乗るとエンジンがかからない。エッ！　どうなっているの？　バッテリーがあがっているのだ。「突き掛けでやれば」という係員の指示で5～6人のフェリー関係者に押してもらうが、かかる気配はない。大きなフェリーから降りにはかなりの傾斜、距離があるのに、である。

思い当たる節がないでもない。私のキャンピングカーは1年に一度乗る程度で、そのまま放置すれば自然放電その他でバッテリーは消耗する。その対策として、長く使わないときはエンジンとバッテリーを切り離すスイッチを付けてもらった。そのスイッチのONとOFFの切り替えを間違っていたのだ。これでいいと思っていたが、OFFで走った結果、高知から舞鶴までチャージ（充電）をせずに走ったようだ。常日頃より疲労ぎみのバッテリーをさらに酷使したのである。ひとのいいバッテリーでもこれでは怒るだろう。この出来事が今回の旅の行く末を暗示していなければいいのだが。

4時からガソリンスタンドが開く8時30分までの時間の長かったこと。そのうえバッテリーはいかれ切っていて新たに購入する羽目になり、30、000円の臨時出費は痛い。乗用車より車が大きいのでバッテリーも高価なようだ。

しかし、その幕間を借りて、早朝の小樽運河、鮮魚の朝市、人気のない静かなたたずまいの街を歩くことができたのだからマイナスばかりではない。そう！　物事はすべてプラス思考でいかなくっちゃあ。

7月20日。

今日は小樽まで車で走り、土産を買い足して予約してあるフェリーに乗ればいい。宿泊先（無料で泊まれる道の駅、公園等の駐車場）を探す煩わしさもなく、気分は壮快である。層雲峡青少年キャンプ場を6時に出たが、時間の余裕がありそうなので札幌に寄り、軍資金を下ろしに郵便局に行った。だが、郵便局はさぼって戸を閉めている。近くの銀行・官庁も付き合っている。まてよ！　今日は7月20日・海の記念日で旗日ではないか！　当然皆様お休みだ。カードの使用は罪悪であると、堅く信じているお年寄り夫婦には、通帳から引き出す以外にキャッシュを手に入れる手段はない。

ウヘー！　兵糧攻めか！　これから要る金額は？　フェリー代、高速道路、ガソリン代、食費……。

よく晴れた午後の札幌大通公園。ご存知札幌雪祭りや、最近ではYOSAKOIソーラン祭りの舞台としてよく知られている場所である。手入れされた花壇には美しい花が咲き競い、人々は三々五々短い北国の夏を楽しんでいる。私たちも芝生の上にくつろいで、傍目には仲良く語り合っている幸せなお年より夫婦。がしかし、していることは銭勘定。大蔵大臣と協議して、短期予算の修正作業に没頭中なのだ。

所持金は私が6、000、奥方が61、000エンぐらいで、合わせて67、000両が歳入のすべてである。歳出の概要は、フェリー代が37、500円、高速代約11、000円で50、000円がとぶ。車に餌をやれば人間様のえさ代が出ない。舞鶴へ上がり、郵便局の開くのを待てば何とかなるだろうと腹をくくる。

「金の切れ目が縁の切れ目」というわけではないが、時計台と旧北海道庁を駆け足で見て、早々に札幌を切り上げ小樽に向かう。港で聞くと、舞鶴行きは既に出港していて、午後11時30分の便は敦賀行きだという。当方の時間表の見誤りらしい。敦賀には夜8時30分に着くので郵便局は締まっている。おまけに船賃が2、500円高いのがこの際痛いが、予約なしで乗れたことに感謝しよう。こうなればやけのヤンパチである。大枚6、000

円を出してお土産に花咲ガニを買う。そして北海道最後の晩餐として、豪華に?ワイン付きの食事(2人で3、100円)を摂り、フェリーに乗り込む。

悪いことは重なるものである．奥方が所持金すべてを貴重品あずけに預けてしまったのだ。私が6、000円持っているから、船での食費は大丈夫と思っていたらしい。だが、札幌の駐車料、ビール&オツマミで所持金の半分ほどが消え、1、000円札3枚と硬貨が少々残っているだけである。「いつまでもあると思うな、親と金」、昔の人はいいことを言うものだ。ジタバタしても成るようにしかならない。風呂に入り、飲み残しの酒で乾杯して寝る。

7月21日。朝起きてから夜8時30分に敦賀に着くまで、フェリーの中で拘束される。山や花の資料、図鑑を見たり、少しまどろんだり、風呂に入ったりして過ごす。あまり退屈なので卓球をしようと道具を借りに行くと、1時間200円だという。その時、財布の中には146円しかない。54円を値切るには相当度胸がいる。卓球はあきらめることにした。

会計報告をしよう。フェリーに乗ってから使った金は、朝定食500×2=1、000円、昼飯1、000×2=2、000円、夕食用に買ったパン代が500円ほどで〆て3、000円あまり。少し計算が合わないがとにかく財布には146円しかない。世の中の不況が、ここまで切実に押し寄せてこようとは思いもよらなかった。

夕食はデッキで、残り物のトマトとパンで済ませたが、ジョークでなく旅の最後を飾る素敵な晩餐になった。豪華客船のサンセットクルージングにも劣らない景色がそこに展開する。日本海に沈む夕日だ。このように美しく見事な夕日に2度とお目にかかることができるだろうか。

大きな真紅の夕日が、少しずつ濃紺の海の中に吸い込まれていく。その夕日の動きにつれて光の矢、金色に染まった雲の動きや姿が微妙に変わっていく。ある時は周りの黄金色が映え、次の瞬間雲の黒さが主役になる。そのような移ろいの中で、真紅の盆は、少しずつ小さくなり、水平線に近づくと糸となり、やがて見えなくなる。その後がさらにいい。神々しいばかりの光の矢、御仏の後光とも言える幾筋もの光、それが薄れていくとアカネ色の空と雲が残り、やがて辺りに闇が広がる。白く泡立つ航跡をわずかに残して……。

フェリーが敦賀に着いた。感傷に浸っている場合ではない。金は15、000円ほど残っていたので、ガソリン代と2食分の食費ぐらいはある。高速をなるだけ使わないようにして行ける所まで行こう。高速道路で資金切れになれば、付けという訳にもいくまい。

琵琶湖の西側・湖西線の国道を走るが、知らない夜道は苦労が多い。国道にいや気がさして京都東ICで高速に乗り一安心だが、金が足りるか？　淡路島最初のSAに着いたのが12時ごろで、同駐車場泊。

翌朝、ビンボー人は朝食も取れずに高知を目指す。鳴門ICで料金は9、800円（当時高速道路はここまでだった）、2、000円某かの金が残る。阿波池田で遅い朝食をとった時、やっと帰ってきたという実感がわいたが、とにかく面白い旅であった。

大雪山

7月17日、今日から2泊3日で大雪山をめぐることにする。そのコースは次の通りである。

1日目・・銀泉台―赤岳―北海岳―黒岳―黒岳石室(泊)
2日目・・黒岳石室―北鎮岳―間宮岳―旭岳―間宮岳―北海岳―白雲岳避難小屋(泊)
3日目・・白雲岳避難小屋―白雲岳―赤岳―銀泉台

大雪には雪女が似合う

7月17日。山一面にガスがかかっていて、天気がいいのか悪いのか判断がつかない。悪天候になれば引き返す覚悟で6時ごろ出発する。これまでの日帰り登山と違って、シュラフ、2泊3日分の食料×2人分、着替えなどで、ザックは普段と比べ物にならないほど重い。赤岳までは予想外の急傾斜やぬかるんだ道に足を取られ、雪渓を渡り、ひたすら登る。そのうち青空ものぞき始め、風は強く視界は利かないものの雨の心配はなくなる。途中のお花畑は半ば雪にうずもれているが、駒草平まで来ると、岩の間にコマクサ、イワブクロが咲き乱れていて、荷の重さを幾分軽くしてくれる。

山に来ていつも思うことだが、なぜか平たんな道はたちまち消えてしまい、急斜面のガレ道にとって代わる。再び急な雪渓、ガレ場を喘ぎながら登るとやがて斜面が緩くなり、大きな岩が見えてきた。そこが標高2，078ｍの赤岳山頂であった。

狭い岩場に立ち、しばらく景色を眺める。北鎮岳、旭岳などの主峰級の山は雲に閉ざされて見えないが、近くの北海岳などは姿を現わしている。大雪山特有のなだらかなスロープに、残雪がいろいろな模様やカーブを描きながらハイマツの緑に溶け込んでいる。本州の山にはない見事さである。30分も眺めていただろうか、見飽きることがない。白雲岳、北海岳が雲の中に入ったのを潮に腰を上げる。

なだらかな稜線を持つ小泉岳は、大雪山系の中で最も花の多い処だそうだ。なじみの花のほかに、ホソバウルップソウが青紫色の花を咲かせていたが、ウツボグサの花穂を大きくしたようなもので、さほど美しくはない。千島列島のウルップ島では浜辺にも咲いているとのことだが、ウルップなどの名のついた花に会えば、遠くに来たものだという感慨はある。

ガス、風ともに強まる中、11時ごろ白雲岳への分岐に着く。南に道を分ければ忠別岳、トムラウシ方面、北西に行けば北海岳、旭岳へと続く縦走路が交差する十字路である。地図に「水場あり」。少し下までで探したがそれらしきものはない。雪渓の下なのだろう。今年は例年になく残雪の多い年だという。やむなく、水なしで食事をする。大雪山の各水場には、「煮沸して飲んでください」の注意書きがあったが、キツネなどの持つ病原菌予防のためだ。いちいち沸かすのも面倒だが、用心するにこしたことはない。

北海岳を通り黒岳石室に向かう。左下にお鉢平の大雪渓、イワヒゲの群生する道を下り、雪渓下縁を渡れば、黒岳石室である。

2時ごろ着いたので、先客は5～6名であったが、団体客の予約席があり、これから混むという。寝る場所を確保したのち、黒岳に登る。ガスの切れ目から大雪国道方面がわずかに見えたのみ。ここでエゾツツジに初めて出会った。早めに食事を終えてシュラフに入るが、イビキの交響楽で寝付かれない。お隣さんも同様らしくもぞもぞしていたが、ついに懐中電灯をつけて荷物の整理をおっ始める。その非常識さとイビキに悩まされて一睡もできない。トイレに起きると、土間にまで人があふれていた。

7月18日。山の朝は早い。3時半になるとほとんどの人が起きて、出発の準備をしている。混雑を避け、ワンポイントずらせて身支度をするがすぐできる。朝食はインスタントラーメンだけだから。荷物対策で、超簡素化した食糧計画なのでやむをえない。

6時に石室を立つ。お鉢平を隔てて昨日通った道の北側の尾根・雲の平を行く。景色は何も見えない。天気予報は、曇りのち雨、所によっては雷が発生するでしょう。

雲の平を過ぎ傾斜がきつくなったあたりに、5～6個のザックがデポしてあった。ルートの分岐でも近くに登る山もないのにと、いぶかしく思う。傾斜はさらにきつくなって、やがて残雪がアイスバーンになってきた。アイゼン、簡易アイゼン、ピッケルなど冬山用具は何も持っていない。ここから滑落すれば命はないだろう。さいわい靴跡は付いている。軽登山靴のつま先で足場を切りながら慎重に上る。一流クライマーたちがやっている、ザイルのトップのアルバイト気分を少し味わえたかな？

5人の女性を交えた7名のパーティが下りてきた。先ほど荷物をデポしていたグループだ。雪渓が危険なので途中から下りてきたという。私たちと同じルートをたどって旭岳に行くらしい。北鎮岳にも足をのばすが、その分岐は、荷物を置いてある辺りだとリーダーの男は自信ありげに言う。そんなはずはないが、彼の言が本当なら、我々は重い荷物を余分に運びあげたことになる。だか、この急なアイスバーン化した雪渓では荷物を置く場所もない。ここはガマンの登りあるのみ。やっと雪渓をクリアして少し行くと、「↓北鎮岳0．4キロ、↓間宮岳◯◯キロ？」の標識があった。途中で北鎮岳を往復するのならここに荷物を置くべきである。ほっとすると同時に、間違いに気付いた先ほどのパーティは、どのように計画を修正するのか、気の毒に思う。悪天候はこれだから怖い。

北鎮岳の頂上は、標識がやっと読めるほどの明るさであった。ガスの立ち込める中、十数人のグループが、「遠き山に日は落ちて♪♪♪……」と歌っていた。多分彼（または彼女）の好きだった歌なのだろう。ここで亡くなった山仲間の霊を弔っているのだという。ここで亡くなった山仲間の霊を弔っているのだという。多分彼（または彼女）の好きだった歌なのだろう。この場にふさわしい光景ではある．陽光の輝く晴天の北鎮岳では、このような厳かな雰囲気は出ない。亡くなった人には悪いが、いい感じであった。

雨になったが幸い風はない。下に見え隠れする雪渓で、お鉢平の上部（北部）の尾根を歩いているのだと自身に言い聞かせるが、味気ない山行である。間宮岳に登り返すあたりの分岐点で、「右に行けば風も弱いよ」と教えてくれる人がいたが、とんでもない。そちらに行けば旭温泉に下りるのは近いだろうが、旭岳には大回りになるうえに、姿見の池からの登り返しが大変である。ベテランの言に耳を傾けるのはやぶさかでないが、自分で地図をよく読み計画を立てれば、その変更は慎重にすべきだと、今日は2回も教えられた。

旭岳山頂からも何も見えない。「北海道の最高峰からの眺めは格別であるが、西側は爆裂火口となって切れ落ちているので要注意。足もとはるかに立ち上る白い噴気も望まれる」と山と渓谷社の諸国名山案内から引用しておこう。

間宮岳に引き返して昼食をしていると、ガイドに引き連れられた団体客が続々と押し寄せてきて、広々とした山頂も人であふれる。少し遅れていれば座るところもなかっただろう。聞きなれたアクセントに尋ねてみれば、わが高知県・本山町の山岳会グループで、大雪山銀座（層雲峡→黒岳ロープウェイ→黒岳→旭岳→旭温泉）をこなした後、明日は十勝岳に登るということであった。

白雲岳は明日にして白雲岳避難小屋に向かう。3時30分に着いたが、60人泊まれる小屋はすでに満員で、二階階段の踊り場で寝る羽目になった。キャンプ指定地もあるが、そこにも色とりどりのテントが立ち並び立錐の余地もなく、その後到着するキャンパーは雪渓の上に設営していた。ちなみにその数は、キャンプ地31張、雪渓上21張であった。明日は月曜日なのであまり混まないだろうという予測が見事に外れ、この盛況を目の当たりにして、ただ恐れ入るばかりである。昨夜眠れなかったせいで、大混雑もイビキも気にならずよく眠ることができた。

白雪岳のテント場

7月19日。朝起きると、正面になだらかな緑岳の山容が目に飛び込み、高根ヶ原高原に続く断崖の雪道、遠くには王冠状に3～4個の岩塊をのせたトムラウシの雄姿も浮かんでいる。大雪山に入って3日目にして初めて見る晴れ晴れとした山々の姿であり、いつまで眺めてもいたい、心に焼き付けたい景色だ。十勝岳から この山を眺めた深田久弥氏は、荒々しい姿を眺めて「……それがトムラウシであった。それは私の心を強く捕えた。あれに登らねばならぬ。私はそう決心した」とあるが、白雲岳避難小屋からみたトムラウシも、そのような思いで眺めることができる。

山の天気は移り気で、白雲岳の頂に立った時、辺り一面ガスに包まれていた。後は3日前に通った道を逆に歩いて下山するのだが、疲れのためか往路より傾斜もきつく、雪渓も長く、すべての行程において長大になっているように思える。その時々の心理状態や体調によって、同じ場所でもこのように印象が違うものかと、認識を新たにする。

わが奥方は、白雲岳避難小屋に着くころ、疲労困憊でやっと歩いていたが、翌日も疲れが取れず下山がつらそうであった。しかし、よく頑張って無事下山した。

そのⅡ

舞鶴から小樽までは同じくフェリーで行く。小樽から国道5号線を通って函館へ、そこから噴火湾に添って走ったのち、太平洋岸を襟裳岬、釧路市へ、根室半島を納沙布岬まで行き、根室海峡に面した標津町から内陸部の阿寒湖方面に入る。富良野、美瑛町、旭川市、札幌を通って小樽に至る北海道の南半分である。

大沼国定公園、函館、洞爺湖、登別温泉、日高牧場、平取町のアイヌ集落、襟裳岬、釧路湿原、霧多布湿原、納沙布岬、野付湾のトドワラ、摩周湖、阿寒湖、富良野などに立ち寄る。北限のブナ林といっても一般的に関心はないが、黒松内町にある歌才のブナ林にまで行った。同町は渡島半島の付け根のくびれたところにあり、植物の水平分布の境目である。冷温帯の主要樹種、ブナはここまで、これより北は亜寒帯の森・針葉樹が優勢種となる。

登った山は、ニセコアンヌプリ、後方羊蹄山、十勝岳、トムラウシ、旭岳。途中にあるが登れなかった山は、駒ヶ岳（噴火で登山禁止）、アポイ岳（雨）、幌尻岳（ガイドなしでは無理）雌阿寒、雄阿寒岳（大雨）などがある。

一勝三敗

標津町と摩周湖の中ほどにある、とあるキャンプ場が目についた。カラマツ林に囲まれ、青々とした芝生の広がりと、車が1台も見えない静かさが気に入った。管理棟に行くと、オーナー夫婦が、手作りのケーキ、牛乳でもてなしてくれる。30代半ばとおぼしきカップルである。よもやま話をしながら、御亭主は、明日釣りに行くといって、毛ばり作りに余念がない。冬場の仕事にならない季節には、自分たちも日本中あちこちを旅していると言っていたが、趣味半分仕事半分といったところか。

近くの穴場を尋ねると、ここから近い順に言えば、

①養老牛温泉から林道を上がった谷川に湧いている露天風呂。

②摩周湖の湖面。「観光客用展望台の湖を隔てた対岸に、湖面まで下りる道がある。立ち入り禁止とあるが、悪さをしなければいいでしょう」とこともなげに言う。

③摩周湖の伏流水が盛り上がって湧き出ている清冽な泉。

④阿寒湖横断道路から少し上にある鶴見峠の展望。

と挙げて、詳しく道順を教えてくれる。これで明日の日程は決まった。

温泉は粗末な脱衣場と申し訳程度の板囲いがあるだけで、ほかに何もない山の中だった。横の谷川から、草の生えた小さな水路で水を引き、湯温を下げるようになっているのが珍しい。もちろん人っ子ひとりいない。先客にお猿がいてもおかしくない野趣あふれるものだった。知床のカムイワッカの湯滝は、湯気をあちこちから噴き出している急な谷川

をしばらく登り、岩間のくぼ地が湯壷であった。また、屈斜路湖では、湖の縁辺から湯が湧き出して、湖がそのまま温泉になっているのもあったが、北海道には、風変わりな秘湯が多く、入り甲斐がある。だが、この暑さで、朝っぱらから露天風呂でもあるまい、後はお猿さんに任せるとして、次は霧の摩周湖だ。急ぎの旅ではないものの、好奇心にまかせて、次々と欲張るのだから結構忙しい。

裏摩周はよく晴れていた。温暖化の影響で、最近は霧の湧かない日が多いと聞く。摩周湖は流れ込む川がなく、透明度が抜群である。その透明度を守るために調査員、研究者以外は湖面に降りられないのは先刻承知である。そこへ足を踏み入れようとしているのだから、あまりほめられた行いではない。

監視人を兼ねたコワソーな売店主のおやじの目を盗んで、禁断の地に足を踏み入れる。草の生い茂った緩やかな林道を歩いて15分も下りると開けた場所に出た。そこから細い急な下り道になっている。チシマザサが背丈まで茂り、木の葉越しはるか下に湖が光って見える。クマ注意の大きな看板もある。クマよけの鈴は車の中だ。登山道ならいざ知らず、ここは人のあまり来ない場所・動物たちのテリトリーである。ササで見通しもきかない。出会い頭にクマと鉢合わせをすればひとたまりもないだろう。急に臆病風が頭をもたげ、「禁を犯しているのだぞ」という後ろめたさも足を引っ張る。

またとないチャンスだぞ、臆するな！

世界に冠たる透明な湖を汚すのか！

クマに出会ったらどうするのだ！

しばらくためらった後、湖面に降りるのをあきらめて、スゴスゴと引き返す。そのショックなのか老人力のなせる業か、伏流水の泉に行く道順を忘れてしまい、これまた失敗。午後になるとガスも出てきて鶴見峠は雲の中。ということで、穴場巡りは1勝3敗に終わった。悪いことは重なるもので、夕方晴れていた空も次の日は大雨になり、阿寒岳登山は昨年に続きお預けとなる。

トムラウシ

２００９年7月14日、旭岳↓忠別岳↓トムラウシ↓ムラウシ温泉を2泊３日で縦走していたツアー登山のパーティーが遭難し、８名の登山客がこの山で亡くなったのは記憶に新しい。御冥福をお祈りする。

私が登ったのはこの約10年前で、しかもトムラウシ温泉から山頂まで、１日で往復する日帰り登山であった。妻には日帰りでこの山は無理なので、宿に残して単独行である。凸凹の林道を40分走ったのち登山口に着き、４時20分、登り始める。しばらくして、60代後半とおぼしき男が急ぎ足で追い付いてきた。数日前、雄阿寒岳で動物のにおいがして恐ろしかったので同行したいという。クマのかげに必要以上におびえているのか、そのような人がたまにいるが、私は信じない。山に慣れない人の単なる思い込みだろう。動物にとって、人間にやすやすと気付かれるほど馬鹿でもあるまい。彼らの方が、むしろ人間を恐れているのだから。同行するとペースもさほど遅くないので連れ立って歩く。静岡の人で、奥さんとキャンピングカーでよく旅行する。毎年避暑で北海道に来ているが、今回は2ヶ月の予定だそうだ。子どもがいないので、年中相当な日数を旅で過ごしているらしい。

カムイ天井への取り付け辺りから傾斜がきつくなった。林も背丈が低くまばらになって、クマの心配もなさそうだ。同行の人に断って先行する。やがて2人の登山者に追い付き、しばらく同行する。カムイ天井まで来ると視界が広がり、周囲の山々もよく見えるようになった。岩場ではナキウサギが鳴いているが、姿は見えない。仰ぎ見るトムラウシは、ガスがとぎれとぎれに流れて、見え隠れの状態である。頂上からの見晴らしが良くなければつまらないと思いながら、前トム平で小休ののち、一気に山頂へ登る。9時15分であった。

十勝岳など近くの山々は頭を出したり隠したり、表大雪の山は全然見えない。10名ほどいた先客は、それぞれのルートをたどり下ったので、トムラウシを独占することになった。途中で連れになった人々も、三々五々到着し、お互いの健闘をたたえあう。45分後の10時に下山を開始する。途中で雲が厚くなり、いまにも雨になりそうになる。

不平を言うわけではないが、この道は何でもありの道だった。取り付けがヌカルミ、道幅いっぱい泥が広がり、道わきにはミズバショウも生えている。足にやさしい土道はほとんどなく、大小の石ころ、礫、大岩を飛び歩かねばならない個所もある。沢登りもある。下り道なのに、登り返さねばならないところもある。14時20分に登山口に着いたが、登りと下りの時間差があまりない、厳しい道であった。

旭岳

旭岳は、昨年の雨中登山のリベンジだが、ロープウェーを使った省エネ登山である。南ふらの道の駅を6時15分に出て、一路登山口へ向かう。車が近づくにつれて、青空をバックに全容を現した旭岳が、私たちを歓迎してくれているようだ。本年6月に改修されたというロープウェーは１００人乗りの大型で、15分ごとに運行されている。１時間に４００人だから、１日では相当数の客が運べるだろう。現に、ロープウェー駅から姿見の池をめぐる平たんなコースは、標高２０００メートル近い高所なのに、平地にある観光地と変わらない盛況を示している。頂上へも2時間ほどで登れるので、普段山登りと縁のなさそうな人や、小さな子どもも登っている。だが、火山特有の砂礫の道、急傾斜が頂上まで続き、当日の日差しの強さも相当なものであった。

山はよく晴れていて、大雪山系最高峰からは、周囲の山々、遠くの山裾など、すべてを見渡すことができる。昨年歩いたコースを目で追って、欠けた部分を補完する。五色ヶ原の広い樹海に続くトムラウシは、今日も機嫌が悪いのか、頂上付近は雲をかぶっている。その雄大な姿に大満足の私がいる一方で、昨年のことも思い出す。それにしてこの違いはどうだ。ガスが濃く立ち込めて夕暮れのような登山道、滑落の危険を冒して登った北鎮岳へのアイスバーン、当の旭岳も北側ではあるが、かなりの雪渓を苦労して登ったはずであ

旭岳よりの眺望

る。それらのものが今は影も形もない。10日ほど期日に差がある。しかし、年によってこれほど残雪量に差があるとは？　南国育ちの私には信じられない光景である。

だが、大雪山にはやはり残雪が似つかわしい。なだらかなスロープに横たわる雪の白さとハイマツの緑、そのコントラストがいい。クレパスと言えなくもない大きな雪渓の割れ目、つきたての餅を押し広げたような火口原の雪、それらすべてがこの山の景色を形作り、彩っている。

シルクロードの旅

2002年5月9日から21日まで13日間の日程でシルクロードの旅をした。参加者は山の会の仲間20名である。

「百聞は一見にしかず」の諺のとおり、新たに知り得たこと、既成の知識を覆されたこと（単に私が無知であったことの証明に他ならないが）などが多く、また、多少風変わりな体験もあり楽しい旅であった。

シルクロードは言うまでもないが、中国の西安市を起点としてローマまで続く東西文化交流、交易の道である。

西安を出て敦煌まで黄河の西：祁連山脈に沿ったオアシス都市を巡る河西回廊（通廊）、そこから天山山脈の北を通る天山北路、敦煌からトルファンを経て天山山脈の南麓を通る天山南路（西域北道）、タリム盆地・タクマラカン砂漠を隔てた崑崙山脈の北を通る西域南道などが中国内での観光の対象であろうか。昔栄えた楼蘭などは、内陸河川の移動によっ

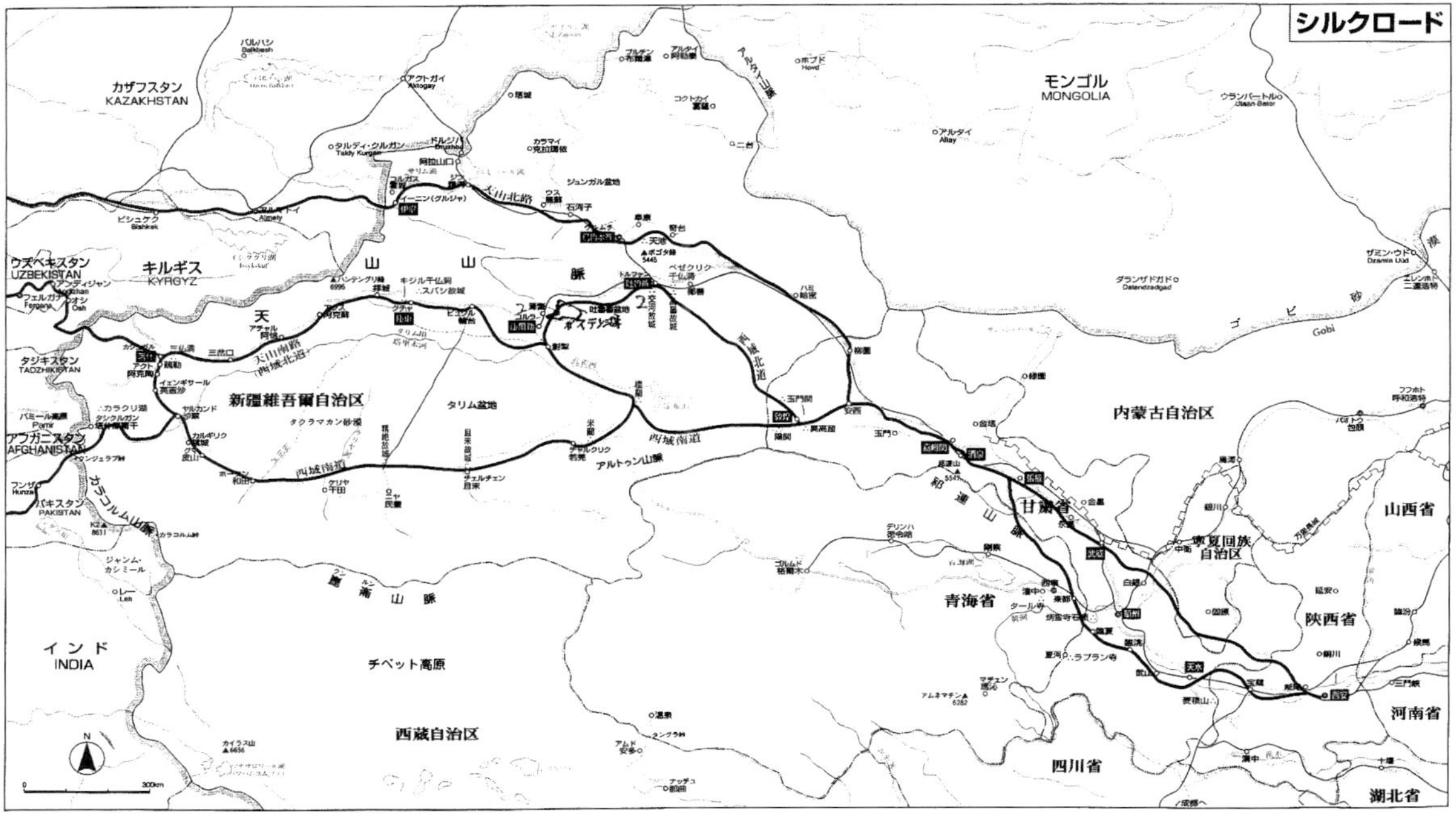
シルクロード
モンゴル
MONGOLIA
カザフスタン
KAZAKHSTAN
キルギス
KYRGYZ
ウズベキスタン
UZBEKISTAN
タジキスタン
TADZHIKISTAN
アフガニスタン
AFGHANISTAN
パキスタン
PAKISTAN
インド
INDIA
新疆維吾爾自治区
内蒙古自治区
西蔵自治区
寧夏回族自治区
甘粛省
青海省
陝西省
山西省
河南省
四川省
湖北省
天山山脈
天山北路
天山南路
西域北道
西域南道
タリム盆地
タクラマカン砂漠
ジュンガル盆地
チベット高原
崑崙山脈
カラコルム山脈
アルトゥン山脈
祁連山脈
アルタイ山脈
ゴビ砂漠
Gobi
アルタイ
Altay
ウランバートル
Ulaan Baatar
ダランザドガド
Dalandzadgad
ザミン・ウド
Dzamin Uud
アクトガイ
Aktogay
バルハシ
Balkhash
タルディ・クルガン
Taldy Kurgan
ドルジバ
Druzhba
ビシュケク
Bishkek
アンディジャン
フェルガナ
Fergana
オシ
Osh
パミール高原
Pamir
フンザ
Hunza
ジャンム・カシミール
レー
Leh
カイラス山
6656
アムネマチン
6282
ボゴダ峰
5445
ハンテングリ峰
6995
イーニン(グルジャ)
ウルムチ
トルファン
ベゼクリク千仏洞
キジル千仏洞
スバシ故城
クチャ
アクス
カシュガル
ヤルカンド
ホータン
ケリヤ
ニヤ
チェルチェン
チャルクリク
楼蘭
米蘭
ハミ
敦煌
玉門関
陽関
安西
玉門
嘉峪関
酒泉
張掖
武威
蘭州
西寧
タール寺
ラブラン寺
天水
宝鶏
西安
銀川
呼和浩特
包頭
N
0
300km

て今は無人の砂漠と化しているという。

２０００年を超える歴史の中では、河の流れのみならず、その地を支配する民族の消長に左右されて通行可能なルートも変わるうえ、中国の西域経営に対する力のいれかたによっても、その盛衰があっただろう。現地の文物に接することにより、それらの片鱗を垣間見ることができれば旅としては面白いと思う。

井上靖氏の小説「敦煌」やＮＨＫテレビ「シルクロード」の影響もあるだろうが、シルクロードは日本では人気のある国外旅行のひとつで、多くの旅行社のツアーがある。西安―天水―蘭州―武威―張掖などを経て敦煌に至る河西回廊、敦煌から中国西端に近い町、パミール高原に続くカシュガルまで天山南路を行くツアーなどがよく目に付くが、仏教文化の遺跡など見どころが多いと聞く。

だが、我々の旅はこのいずれでもない。西安の始皇帝・兵馬俑や敦煌・莫高窟などの名所には寄るが、トレッキングや野趣に富む景色を見るのが目的である。山頂までは行けなかったが、西遊記で名高い火焰山に登り、砂漠横断道路に車を止めてタクマラカン砂漠のウオーキング。天山山脈に添って掘られた地下灌漑施設・カレーズに潜り込み、バスではあるが天山山脈東端の４、１００メートルある勾配の急な積雪の峠を越えて天山北路の主要都市・ウルムチまで行く。そこから１１０キロ離れた山の中に、中国のスイスともいわれる雪山をバックにした湖・天池がある。その美しさは、伝説の天女・西王母の水浴び場だとの言い伝えも故なしとしない。ちなみに、「天の川」の牽牛と織姫のデートの日・7月7日は、西王母の誕生日だという。湖畔にある道教の古い寺院を下に見て、丘の上を散策し、5、445メートルの霊山・ボゴタ峰を遠望する。

このような時を過ごせば短い日数で他のルートを回る時間の余裕はない。西安―敦煌は飛行機で一飛び、その間の遺跡は機会があれば次回ということになる。

敦煌とその周辺

シルクロードのオアシス都市近辺には、洞窟に掘られた壁画や仏像が多くあって、仏教芸術の華としてよく知られている。その中でも規模や保存状態のよさなどで一際群を抜いているのが莫高窟であり、関連する書物も多く、素人が口を挟む余地はない。ただ「ホーホー」と、感嘆の声を上げて眺めるのみである。芸術性0％の私ですらなんとなく高尚な気分になり、ガイドの説明に聞き入る。わけても高さ35メートルと27メートルの二基の大仏像の見事さには、感嘆を通り越して人間の創造力、宗教の力の偉大さをひしひしと感じる。

陽関は、前漢の代に設けられた防塁の一つで、玉門関と共に知られた西域への玄関口である。

敦煌より蜃気楼の立つゴビの中を1時間も走ると、小さなオアシス集落があった。その小高い丘の上に大型の烽燧が一基残っている。陽関の狼煙台だ。荒野の中にたたずむ姿には風情がある。

前面の低地には疏勒河があるのだろうが、流れは見えない。この景色の中では盛唐の詩人・王維の詩も生きてくる。

絶域陽関道
胡沙興塞塵
三春時有雁
万里少行人
苜蓿随天馬
葡萄遂漢臣
当令外国懼
不敢覓和親

現実は、昔の施設に似せた建物が建設中で、観光客目当ての馬や馬丁もたむろする。味気ないことははなはだしい。

玉門関では砂漠のかなたに崩れて消えゆく土壁（漢代長城）、その中に階層状に練りこま

陽関熢燧跡

れたハネガヤも見られる。防塁の内側には烽燧もあり、さらに後方には傾きながらも積薪(狼煙用に積み上げた燃料)も残っていて歴史を感じる。

鳴砂山と月牙泉は、日本人好みの月の砂漠の世界であった。月牙泉まで駱駝の背に揺られ、鳴砂山は徒歩で登る。上から眺めれば、大海のうねりのごとく砂丘は果てしなく続く。月牙泉の水位が、党河に作られたダムと灌漑用の地下水の汲みすぎのために近年とみに低下してきて、看板の泉が小さくなっているという。

ところで私の知識では「ゴビの砂漠」のゴビは、サハラ砂漠のサハラなどと同じく地名であった。だが、平坦な石、石礫のゴロゴロした不毛の地(多少灌木も生えている)のことを「ゴビ」といい、「砂漠」とは流砂により生じる大小さまざまな丘陵(砂丘)が続く地をいうのだそうだ。その後10日あまりの旅で、この違いを十分納得することができた。

沙漠とオアシス

沙漠といえば次の二つの歌を思い出す。

万里の長城で小便すれば　ヨイヨイ
ゴビの沙漠に虹が立つ　ヨーイヨーイ　デッカンショ

お馴染み「デカンショ節」の替え歌で、学生時代飲んだときによく歌った。気宇壮大というか、たぶんに軍国主義の残滓・侵略主義的な歌であるが、昭和30年代前半のノンポリ学生は無批判に歌ったものだ。

今ひとつは、

月の沙漠をはるばると
旅のラクダが行きました
金と銀との鞍置いて
二つ並んでいきました

私の年代の日本人なら誰でも知っている歌、「月の沙漠」である。学芸会では、薄手の白いガウンをまとった女子が王子さまと王女さまに扮して、よく踊っていた。

この二つのイメージが重なり合って、私の沙漠が形づくられる。

漂渺と風に漂う砂の丘、その中に僅かにできた吹き溜まりの間の窪地。そこに地下水が湧き出る小さな池があり、取り囲むように緑のオアシスが広がる。これが正調「沙漠とオアシス」である。

これに似た風景は、敦煌の鳴砂山と月牙泉にわずかに見られたが、他にはそのような甘っちょろい光景はどこにも見当たらない。

祁連山脈の雪解け水を源として流れる黒河、エチナ河などが、河西回廊のオアシス都市を潤し、党河、疎勒河が敦煌その他を満たす。グリーン地帯は、河川を中心に帯状に細長く連なり、その外はゴビあるいは不毛の沙漠になる。グリーン地帯は広いようだが、どの地域でも全体の面積の2~5パーセントに過ぎない。

天山南路（西域北道）とて同じである。

天山山脈を背骨にたとえれば、河川は肋骨になる。山脈に沿うようにタリム川が東西に流れ、中小の河川が山脈に直交し、あるいは斜交して流れ、タリム川に合流または砂漠の中に消える。

シルクロードの旅は、帯状のグリーンベルトが途切れたところで砂漠を横断する。今は舗装道路を快適に走るが、わずか30数年前NHKシルクロード取材班は、ラクダの隊商を組んで苦労したと聞く。ましてその昔の旅は、容易ではなかっただろう。

タリム川と胡楊林

さまよえる湖・ロプ・ノールといえば、ロマンチックな響きがするが、川の流れが変わる度に湖も移動して常ならず、この河に依拠した生活はその消長に左右される。シルクロードの要衝として知られたオアシス都市・楼蘭もはるか昔に砂の彼方に埋もれている。

「川は海に向かって流れ、大洋に注ぐ」。内陸の河川にはこの常識は通用しない。すべての河は、砂の中に埋没する運命が待ち受けている上に、エチナ河などは、海とは正反対の方角・内陸部を奥へ、北に向かって流れる。冬には水が干上がり河床をむき出しているが、クンルン山脈の雪どけ水で大河となるホータン川などもある。

川の源・万年雪はどこから来るのか。四周を高山に囲まれたタクマラカン盆地には、海水による雨の恩恵は望めない。内陸河川の蒸発した水が万年雪になり、雪解けとともに流れ下る。この循環が西域を潤し、人々の生活を成り立たせていると思えば、わずかな水とて粗略にできないことになる。

機上から眺める沙漠、ゴビは広く、緑の野・オアシスは微々たるものだ。

漢代長城と二つの故城

廃墟に立てばそこはかとない哀歓やむなしさと、それに交えてロマンの香りが漂ってくる。かつてそこに住いした人々の歓びや悲しみ、過ぎし日の栄華や凋落を想いうかべて、かえり来ぬ昔をしのぶからであろう。

今回の旅では、敦煌近くの防塁の跡・陽関と玉門関、さらに800キロほど西のシルクロードの要衝の地・トルファンにある二つの故城を訪ねてそれを感じた。

中国にある長城は、北の遊牧民族・匈族やその他の異民族の侵攻から漢土を守る防塁で、戦国時代に断続的に構築されていたものを、秦の始皇帝がつなぎ合わせて完成させたものが最初である。だが秦の時代の長城は、この地までは至っていない。「武帝の元封3年(BC108年)前後に漢が西域を支配下に置いた結果、酒泉から玉門関まで望楼が連なった」と歴史書にある。そのとき構築されたのが漢代長城である。

長城の外は、祁連山脈から流れ下る疎勒河をへだてて砂塵の舞うはるかなゴビが続き、胡すなわち異邦の地へ続く。

防塁を守る防人がいて、荒地に鍬を振る屯田の兵があり。経典を求めて天竺へ僧が渡り、交易の隊商がラクダの背に絹を満載して通る。烏孫や異国に降嫁する公主は、後ろ髪を引かれる思いで関に別れを告げる。時代によっては夷狄に奪われ、顧みられなかったこともあった。

2000年を経た今、防塁は烽火台や半ば崩れかかった土くれの塀をわずかに残して沙漠の中に消えていく。

廃墟と化した関に立ち、時の流れを想い西域に出撃した将士の心境を想う。

盛唐の詩人・王昌齢も吟じている。

青海長雲暗雪山
孤城遙望玉門関
黄沙百戦穿金甲
不破桜蘭終不還

桜蘭に、大宛その他中央アジアの地に、大軍が出で立つ。

砂に消えゆく漢代長城

だが、荒野の中にたたずむ今の関の姿を昔になぞることは正しくないという。縹緲としたゴビに立って我々は、「このような不毛の地によくもまあ……」と思いがちだが、当時は今とは比べものにならないほど緑も多くて人々が住むのに適した土地であったに過ぎない。

シルクロードに沿ったオアシスには、多くの王国があった。それらの国がいつの世に生まれていつ滅亡したか詳らかでないが、各国一様ではないだろう。北の匈奴、西にある突厥、チベットの羌や漢その他中原に覇を唱えた大国に翻弄され、屈服を強いられながら生きながらえ、そして消えていく。

「この故城にはどのような種族が依ってたち、いかなる苛酷な運命が待ち受けていたのだろう」など想いをめぐらすと、崩れかけた日干し煉瓦の土塁すら愛おしい。

最初に訪れた交河故城は、二つの河に挟まれた丘陵地の軟岩を掘り下げて作った城塞都市である。イラン系の人々が創った姑師（車師）国の都で紀元前から王国が営まれていたが、五世紀の後半に北涼に滅ぼされたと聞く。

今ひとつの高昌故城は、唐の高僧・玄奘三蔵が天竺へ経典を求めて旅したとき、国王・麹文泰が手厚くこれをもてなして西域に送り出したことで知られている高昌国の城である。

交河故城と同じトルファンにあるこの城は、匈奴を北に追いやった前漢末の屯田兵たちが住みつき、高昌壁が設けられたのに始まる。その後数世紀を経て、土着の漢人・麹嘉を王に戴いて高昌国が成立したが、イラン系の姑師（車師）国のかかわりについては寡聞にして知らない。

高昌故城

肥沃な土地に加えてシルクロードの要衝を占めるこの王国は、経済的におおいに潤い、すぐれた外交手腕も相俟って、その版図をタリム盆地の西端まで広げていった。八代国王・麹文泰まで１５０年ほど、大国のハザマの中で生き残る。

王国は、仏教に篤く帰依し公用文字に漢字を併用するなど親中国の国であった。だが、国をとり巻く北方草原の権力は、柔然、突厥、鉄勒、再び西突厥と、めまぐるしく移り変わる。唐が西域経営に乗り出してくるに従って国境での軋轢も多くなり唐と戦い、同盟を結んでいた西突厥の支援を得られないまま、高昌国は滅亡した。唐がその後を引きついだが、玄奘三蔵がたち寄った僅か十数年後のことである。
唐が滅びた後は鉄勒系のウイグル族がこの地に根を下ろす。
王国の形は変わってもそこに住む人々の生活は続く。

この旅は、中国の広さやその発展の模様、沙漠についての認識を正してくれるなど前向きの面もあったが、なんと言っても私の懐古趣味を満足させてくれた旅・センチメンタルジャーニーであった。
また見方を変えると、西遊記さながらの旅だった。火焔山を登って孫悟空になり、琵琶湖の1・5倍あるという砂漠の湖・ボステン湖で泳ぎカッパの沙悟浄になり、安いビールとシシカバブ(羊肉の串焼き)をたらふく食って腹ボテの猪八戒となる。ただ有り難い経典とは無縁の旅であった。最近頭がいたいのは、三蔵法師が緊箍咒(きんごじゅ＝唱えると悟空の頭が割れるように痛むお経)を唱えているせいかもしれない。

総勢16名

客待ち（陽関にて）

風蝕の火焔山

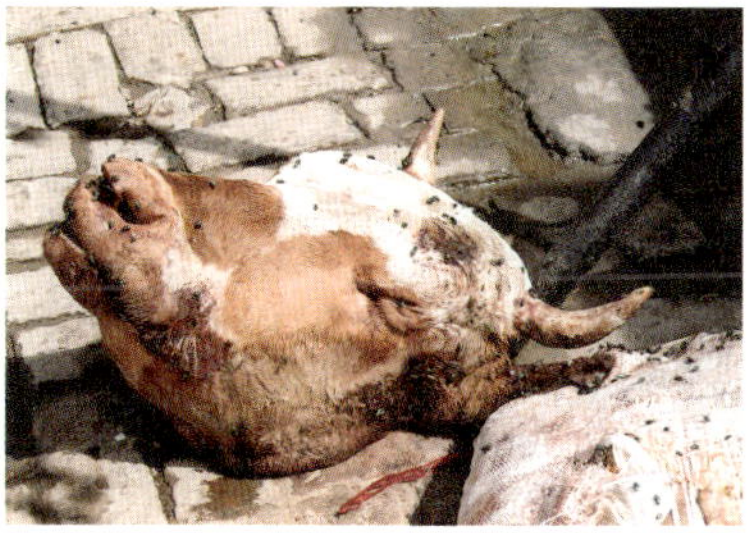
旨いものにハエたかる（ある市場にて）

ベゼクリク千仏洞（トルファン）

タクマラカン砂漠ウォーキング

トルファン→ウルムチの途中

天池からコボタ峰を望む

東北の旅

2002年に山形県飯豊町で国土緑化推進機構主催のグリーンカレッジが開催された。これは各県の森林ボランティア指導者養成を目的に行われているもので、今回は第3回目である。当時私は、森林ボランティア活動に熱を入れていたことと、これに参加すれば講習会の後、近くにある日本百名山の一つ飯豊山に登れると思い、さっそく参加することにした。だが東北まで行って、その二つだけでは物足りない。会が始まる前に日数を取り、東北地方の残りの部分(5年ほど前に北半分は行っている)を回れば、一石二鳥である。妻を誘い、二人で旅に出た。

北陸自動車道、磐越道、東北道と寄り道をしながら盛岡まで行き、10日ほどかけて周辺の山、観光地を巡った。仙台からJRで妻を帰し、一人で山形まで南下して、4泊5日の講習会の後、2、3の山や観光地を回ってきた。登った山は、蔵王、月山、早池峰山、薬師岳、栗駒山、(大朝日岳)、観光地は、松島、鳴子温泉、中尊寺、花巻温泉、遠野、(多賀城跡)、(山寺)、等である。また、宮沢賢治記念館など、各地の博物館にも足を運んだ。

注（　）内は一人で行ったところ。

残念ながら飯豊山は、ある事情で登頂できなかった。期間は6月11日から7月4日までの24日だったが、梅雨のさなかに、これだけ多くの山に登れたことに感謝しよう。

この旅は、天気のいい日は山、悪い日は観光地巡りとしたので、あちらへ行ったり戻ったり、効率の悪いものになった。そのフラフラ旅を地図を手にたどれば、よくもまあこれだけ次から次へと訪ね回ったものだと、我ながらあきれる。

いずれの場所もおもしろかったが、2、3紹介しよう。

薬師岳

早池峰登山口・河原坊に着いたのは8時半ごろであった。3日ぶりに雨も上がり、雲の切れ間から早池峰の屹立した岩峰が姿を現し、多くの登山客が支度にいそしんでいる。だが私たちは昼食を持っていないばかりか、朝飯さえ食べていない。早朝から行動なので沿道の店は閉まっており、24時間営業のコンビニも無かった。5キロほど引き返して、やっと見つけた店はみやげ物店で、普通の食材はない。店主は山に詳しく、いま薬師岳のオサバグサが花時だから、是非見ていくようにと勧めてくれる。大急ぎで飯を炊き（コメ、缶詰などは常備している）、薬師岳めざす。

10時に林道を歩き始めて、40分で早池峰の登り口の一つ・小田越に着く。ここから北に登れば早池峰、南に行けば薬師岳（1、645m）、東に下れば柳田邦夫の世界・遠野に至る。

少し登るとシラビソ林の下に、オサバグサが群生していた。直立した20㎝ほどの花茎に、白い小さな花を鈴なりに付けている。一つ一つの花は小さくそれほど美しくないが、このように集まると見事だ。葉はシダ植物のようで、花の形などは全く異なるが、これがケシ科の植物で、人はみかけによらない例の見本のようだ。

中腹まで来ると、岩が多くなる。後から一人で登ってきた女性が、岩の割れ目に顔を入れ、しきりに何か探している。「ヒカリゴケですか」と声をかけると、そうだと言う。そのうち彼女はコケを見つけて、私たちに教えてくれる。岩の割れ目のやや奥まったところに、鈍い光を出した蘚苔類が見える。蛍光色のその光は、角度を変えて眺める度に、外の光を反射して微妙に輝きを変える。不思議な光だ、これがヒカリゴケか。あまり多くないコケで、国の天然記念物に指定されている地域もある珍しいコケだそうだが、ここには割合多くあり、慣れれば我々も見つけることができた。

頂上付近は、矮生化したコメツガが、ハイマツの代わりに密生している。早池峰は蛇紋岩地帯で珍しい植物が多いところだが、薬師岳も、オサバグサ、這いコメツガなど、珍しいものを見せてくれる。真近かに対面する早池峰が、雲の切れ間から時々全貌を現して、明日の登山意欲をかきたてる。途中で出会った監視員に、ミツバオウレン、イワウメなどを教わり、5時間30分の山登りを終える。

早池峰

早池峰は、小田越コース、正面コース、岳の集落から鶏頭山を縦走して山頂に至るコースがある。計画では傾斜のきつい正面コースを避け、小田越から登るつもりであった。5時過ぎに出発する。すぐ前の熟年女性10数名のパーティが、正面コースの方へ向かう。ならば妻も行けるだろうと、そちらから登ることにした。付和雷同というなかれ、同じコースを往復するのはつまらないので、一周して小田越に下りるのだ。

薬師岳から早池峰を望む

登山道は聞いていた通り、なだらかなのは最初の10分ぐらいで、後は急傾斜、岩ボコ、鎖などの連続で、心臓や脚が悲鳴を上げる。6時ごろ朝食をとり、2回の休憩をはさんで8時過ぎに頂上に着いた。脛に手を当て、大腿四頭筋をだましだましの登りであった。頂上付近にはハヤチネウスユキソウも多くみられたが、花期には少し早く、花は見られない。

頂上はガスが濃く、あるいは薄く立ち込めて、眺めを期待する我々に気を持たせる。明るくなったかと思えば次の瞬間暗くなり、下山しようと思えばガスが薄れる。そのような状態で1時間以上待ったが、ついにあきらめて、9時30分に下り始める。登りほどではないが、下山道も、岩、鎖、はしごの多い道で、足元に気をつけてゆっくり下りるので時間がかかる。往路と同じくらいかかり、12時30分に着く。

遠野

遠野は大小いくつもの峠に囲まれた盆地の街で、昔から陸中海岸側の海の幸、内陸部の諸物産が行き交う交易の街であり、月に数回、市が立っていたという。一方、南部支藩2万石の城下町としての落ち着いた雰囲気も併せ持つ。山や野には山の神、田の神など多くの神様が住んでいて、人々は信仰心に篤く、これらの要素が混然一体となって昔話や民話が生まれる。いわく、おしらさま、ざしきわらし、おくないさま、カッパの活躍など、柳田邦夫の世界であり日本の田舎の原風景とも言える。手つかずに残したい所だが、最近は観光地化して、昔の建物を一ヶ所に集めたり、新たに作ったり、観光には便利であるがやや味気ない。

「とおの昔話村」で、語り部が日に2回、物語をしているというので聞きに行った。語り部は10人ほどいるが、皆年取った女性で、私たちが話を聞いたのは、80を過ぎた人だった。東北弁はあまり聞き取れないが、歌ってくれた民謡はなんとなくわかる。80代には見えない元気さで、いい喉をしていた。市立博物館にも寄り、そこを出たのが4時30分。大雨の上に波浪注意報も出ているとのことで、明日の陸中海岸行きはやめにして、宿探しになる。

「静かで、トイレがあり、とがめられずに車中泊できる場所はないか」と、ガソリンスタンドの女店員にムシのいいことを聞くと、「少し距離があるが、私の家の近くに格好の場所がある。今日の勤務はもう終わりなので案内します」との有り難い返事が返ってきた。案内されたところは古い城跡で、公園になっていた。市街を見下ろす高台にあり、そこから見ると遠野が盆地であることがよくわかる。清潔な便所、車一台とまっていない静けさ、キャンピングカーにとっては5っ☆の場所だった。親切な娘さんに感謝多謝。

遠野

翌20日も雨で遠野をぶらつくことにした。行った先は「遠野ふるさと村」。広い敷地内に5棟の曲がり屋を移築し、昔、農家で営まれていた日々の生活を再現している。曲がり屋は、家の中に馬小屋などもあり、暖地育ちの私などには珍しい。木工、草木染、織物などを体験できるコーナーもある。中学生が竹トンボ作りをしていた。赤々と炭火の燃える囲炉裏で、お茶をごちそうになり、妻が係の女性が話しこむ。6月中旬であるが雨の日は寒く、暖かいお茶の味わいは格別である。せっかくの機会なので、図書コーナーで柳田邦夫の「遠野物語」を買ってきた。帰高後ポツポツ読んでいたが、あまり興味のない世界なので、読了したかどうか定かではない。

明日JRで帰る妻を送るため仙台の近くまで行き、高速・長者原SAで寝る。

途中、「えさし歴史公園・藤原の郷」まで◯◯キロという看板があった。どこにでもある、ありふれた箱ものだろうと無視して通る。ところがこれが私の憧れの舞台だったらしい。NHK大河ドラマ「炎立つ」の世界を再現した20ヘクタールに及ぶ規模の歴史公園だという。

「壮大なスケールと華麗な文化をしのばせる平安建物群は全部で100棟。いずれも精緻な時代考証に基づき、東北・関東の一流大工が結集、団結したもので、なみなみならぬ情熱と最高の技術を駆使したという建物が並ぶ」。話半分にしても、惜しいことをした。だがこれを見るための再訪もかなうまい。もっとも大河ドラマが評判になると、地方自治体が中心になって、観光客目当てに、ドラマをテーマにした箱物がよく作られるが、くだらないものも多い。

大朝日岳

大朝日岳を主峰とする朝日連峰の山々は深く、登山道も多い。私は山形側から大井沢をさかのぼり、日暮沢小屋より竜門山→西朝日→中岳→大朝日岳、大朝日岳小屋で1泊して小朝日岳を経て日暮沢に下りる、1泊2日のコースにした。天気予報は晴れだが、はっきりしない雲行きの中、5時に登山口を出発する。大朝日小屋に12時～13時に着き、そこで泊まる予定だから余裕は十分ある。花崗岩の風化した砂利道で、歩きやすくぬかるみもない。ブナの大木の中を黙々と登る。次第に傾斜がきつくなる中、ユウフン山の下に雪渓があったが、とりかかりが1．5メートルほどの段差になっていて傾斜がきつく、滑って登れない。簡易アイゼンを付けるが、初めてなので悪戦苦闘、左右逆に付けたり、20分ほどかかる。雪渓はあまり大きくなかったが、1週間前に月山から眺めた雪の様子が頭にこびりついていて、雪渓をぬけてもアイゼンを付けたまま歩くが、すこぶる歩きづらい。

大朝日岳

ユウフン山に8時に着き、軽い朝食をとっているると、軽装の若い女性が一人で登ってきた。話してみると、大朝日岳、小朝日岳を回ってその日のうちに下りる予定だが、天候、気分しだいだと言っていた。私と同じコースだが、1泊2日の行程を日帰りするらしい。登山地図の合計時間は12

時間なので、軽装で急げば日帰りもできる。天候によっては私も考えないわけではなかった。昔の私なら、そうしていただろう。この時期に無人小屋が開いているか心配だったが、1週間前に大朝日岳小屋は開いていたから大丈夫だろう。また、15名ほどの団体さんが登ってきますよと彼女は言っていたが、団体を追い越したのだろう。相当山慣れしているようだった。

「お先に！」と言って出たまでは良かったが、途中でアイゼンを外していると、「やっと外しますか」と声をかけて追い抜いていく。その速いこと、まるで女の天狗が走っているようだ。再び雪渓に出会うが、アイゼンも簡単に付けることができ、天狗さまのストックの後をたどればいいので安心して歩ける。

雪渓を抜けると竜門山で、縦走路の尾根筋に出た。9時25分であった。ガスはますます濃くなり、視界は5メートルほどだ。尾根筋は風も強い。どこを歩いているのかわからないが、道はしっかりしているので、とにかく前へ進む。風はますます吹きつのり、ウインドブレーカーの袖をパタパタと鳴らし、よろめきそうになるのだから相当なものだ。やせ尾根なら引き返さざるを得ないところだ。ブッシュや窪地に来ればほっとする。しばらく行くと、女天狗が引き返してきた。今日はガスでダメなので下ります。西朝日まで行ったが、お花がきれいだったと言って、スタスタと下りて行った。

9時35分？西朝日岳に着く。標識を写してモタモタしているうちに方向感覚をなくして、登って来た方へバックするが、風向きで気づき、大朝日岳へのルートに戻る。ガスの山は、気をつければ道に迷う。西朝日を過ぎ、大きな雪渓に出会う。どちらの方向に道がついているのかまるで分らない。上方のササの縁を迂回して、道が見つからなければ引き返すよりない。しばらく行くと再び登山道が現れて、やれやれひと安心。

翌日下山の途中、大朝日小屋の管理人さんと出会って立ち話をした。雪の状態を聞かれたのでこの話をすると、あそこはもう少し雪が深ければ、我々でもためらうところだ。○○方面に行けばなんとか里へ下りられるが、○○方面へ迷いこめば命はないだろうとのこと。くわばらくわばら、雪山のガスは恐ろしい。

水を補給する予定の金玉水は雪渓の中である。少し下るが、水になっているところはない。いくら下っても徒労に終わると思い、水はあきらめた。となれば、日帰りとなる。今の時間（12時ごろ）からすれば、少し暗くなっても下山できると覚悟を決めて前へ進む。大朝日小屋へは12時半ごろ着いただろうか。いまから下山するから水は要らないという人に、1.5リットルぐらいのボトルをそっくりいただく。有り難い、これで今夜は小屋泊まりができる。やはり水は命の源である。小屋に荷物を置いて、大朝日岳に登る。12時55分着。ガスで何も見えない中、記念写真を撮ってすぐ小屋に引き返す。

大朝日小屋は避難小屋であるが新しく、40名収容できる立派な小屋であった。着かえて遅い食事をすると、後は何もすることがない。本でも持ってくればよかったと思ったが、後の祭りだ。先客は5人で、2名は間もなく下りて行った。3時ごろガスが切れてきて、視界が広がる。中岳、西朝日岳、竜門岳と登ってきたルートが眼前に広がる。素晴らしい眺めだ。ホソバヤマハハコ、コイワカガミなども咲いている。

だが後がいけない、15名の団体さんその他が続々と詰めかけてきて、小屋は満杯となる。毎年登っているというベテラン二人が、この時期にこんなに込むとはなあ！と、嘆いていた。途中で採ってきたコシアブラを湯がいたのをいただく。当方は旅に出て以来、野菜が不足気味なので、何もつけずに食べたが大変おいしかった。

ここで私の認識不足と反省がある。「山に登れば神に近くなる。身を律して下界の弊害を断つべし（酒を飲むな）」であった。ところが団体の皆さん、車座になって、飲み、かつよく食らい騒がしい。レジャー登山は、これも目的の一つなのだろう。アルコールの重さは、荷の重みに入らないとか。だが山男たちの饗宴は、暗くなる前、3時間ほどで終わったので助かった。呑ん兵衛が飲めないのはつらい。

隣に寝ていた60代の夫婦は、深田百名山完登を目標に、これまで90座以上登っているという。当然、石鎚山、剣山も登っている。その奥さん「四国の道路は悪いですね、国道を走っていて、民家の庭に出た。ここ国道ですかと地元の人に聞くと、そうだった」とのたまう。そりゃーちょっと言い過ぎでしょう！　だが、反論するほど郷土愛の持ち合わせはなく、野暮でもない。与作（国道439号線）という林道もどきもありますから、と話を合わせる。

4時前に目覚めるが相変わらずのガス。大朝日岳の再登頂はあきらめて、6時に小屋を出る。ヒメサユリが咲くなだらかな道に続いて急降下．そして小朝日岳への急登になる。

巻き道もあるが、今は雪が多くて難所だそうだ。私はルート上のすべての山に登るつもりであったから、この程度の坂はものの数ではない。空は次第に晴れてきて、連峰が目の当たりに見える。素晴らしい眺めだ。要所々々で写真を撮りながらのんびり下りる。当然とは言え、登った高さの分下るのだから、やさしいルートといえども急斜面の個所はきつい。古寺鉱泉への道を右に分けて、なだらかな尾根道をネマガリダケ、コシアブラを採りながら、遊山気分で下りる。これで今夜の夕食はリッチな献立になる。

湿地にくっきりとした足跡がある。新しい！　ツキノワグマ、しかも親子かもしれない！

これは写す値打ちがあると、荷物を下ろしてカメラを取り出す。その前にエチケットとして、クマさんにこちらの存在をお知らせする必要がある。そこで歌を唄った。私の美声につられて、クマさんが出て来るか逃げるかは、本人にお任せしよう。

何の歌を歌ったの？　勿論「森のくまさん」。

ある日、森の中、くまさんに出会った　♪♪♪

という、NHKみんなの歌である。何番か知らないがその歌詞がいい。

クマの足跡？

クマさんの　言うことにゃ
オジイさん　忘れ物
赤提灯の　飲み残しのお酒

あらクマさん　有り難う
一緒に　飲みましょう
ララ　ラ　ララララー　ララ　ラ　ララー　♪♪♪

帰高して、専門家のYさんに鑑定してもらい、間違っていればお笑い草だが、現時点では本物と思った方が面白い。

真面目な話に戻ろう。今回の旅で、「いいで青少年の家」の指導員と話した。彼は山形のある山岳会にも入っていて山に詳しい。登山中に2度、ツキノワグマに出会ったことがある。クマにも登山道を横切る彼らの道があるそうで、具体的に地図でその個所を教えてくれた。今の季節は、トチやホオノキの花が咲き養蜂業者が集まるが、クマも好物の蜜を求めてうろついているとのこと。彼は鉄砲はやらないが、仕事柄クマの頭数調整にも協力しており、マタギとともにクマ狩りにもよく行く。マタギも決められた頭数より多めに獲っているようだが、クマはかなり多くいる。山菜とりや登山客の安全のためにはやむを得ないだろうと言っていた。昔、出羽の国・置賜は、秋田阿仁地方と並び称されるマタギの里であった。九州のツキノワグマは絶滅、四国もその寸前。この二の舞にならねばいいが！

帰高後の鑑定は「クマの足跡のようではあるが、この写真だけでは断定できない」。専門家は素人と違って慎重だ。Yさんは、現職時代、森林総合研究所に勤めており、最近、四国剣山系のツキノワグマの調査をしている。私も一度現場に同行して、立ち消えになったが、調査の補助を頼まれたこともある。

車に帰り着いたのが11時30分。汚れ物を洗い、コシアブラ、ウワバミソウ（ミズナ）、ウドの入った山菜粥を食べ、飯豊山麓を目指したのは2時であった。道に迷いながら小国町に着いたのが5時過ぎ、小国健康ランドで入浴をして、道の駅・白い森に行く。さあ飯だ、ここ数日の飢えの倍返しだ、食い物の恨みは恐ろしいぞ！　だが食堂のメニューは少ない。ステーキ定食とヤマメの刺身を注文するが、サシミは品切れ、肴はヤマメの塩焼きとおでんで辛抱する。生ビールと熱かん1本。これで腹いっぱいになったのだから何とも情けない。同駐車場の車に戻ると、バッタンキュー、翌朝まで前後不覚だった。

飯豊山（山形県側）

風が車をゆする振動で目覚める。2時26分であった。台風2号が低気圧になって、東北地方を通過するとの天気予報だった。谷間でこの風なら、山は相当なものだろう。風の当たらない場所に車を移動して、再び寝る。5時30分に目覚めるが、雲が厚く小雨もパラついているが、一応8キロほど離れた登山口・飯豊山荘まで行くことにした。登山口はキャンプ場になっていて、大きな炊事棟やビールの自販機がある。山荘には温泉もあり、食事もできる。天気待ちで粘る条件はそろっているが、既に2日待っている。残念ながら講習会が近づいているので登頂は無理だ。

6時過ぎ小雨になり、食事を作る。ゴウゴウと音を立てて流れる玉川を背に、緑に囲まれた広場でとる食事は、粗末なものでも美味い。昼前に雨も上がり、薄日が差してきた。梅花皮小屋まで、雪渓を通れば6時間で行けると地図にある。大きく迂回する登山道を通れば8時間ぐらいだろうか。天候も不安定で明日以降どう変わるかわからない。今から本格的に登るのは無理だが、ブナの森ウオッチング、できれば雪渓まで行きたいと、急いで準備する。

飯豊の登山道は多くあるが、会津・弥平四郎から、新潟・奥胎内からと飯豊山荘から山頂を経て大日杉小屋へ至る道が主なものである。この飯豊山荘からの道は、温身平を通り、石転び沢雪渓（通常の登山道もある）、北股岳、飯豊本山などを経て大日杉小屋に下りる2泊3日のルートである。中央の山のように山小屋が完備していないので、シュラフ、食糧持参で避難小屋泊まりとなる。

ブナの大木が茂る緩やかな林道を温身平へ向けて歩く。温身平では、増水した谷川、雪渓の彼方に、青空を背にした北股岳の稜線や豆粒のような梅花皮小屋も見える。ルンルン気分でしばらく行くと、ブナの倒木にきくらげが生えていた。他にもう一種類、いい香りのするキノコがあった。食べられそうだが、キノコ図鑑を持ってきていない。きのこ仲間によると「キノコは一度は食べられる」という高説がある。「二度目は食った本人が死んでいるから食えない」というのがおちである。この説に従うべきか否か？　帰りに判断しよう。

　谷を詰めると雪渓に出た。石転び沢雪渓、その名の通り大小さまざまな石ころが、雪渓の上に転がっている。こんなのに当たれば、命がいくつあっても足りない。長さが3キロ余り、上部は急傾斜になり稜線に続く。白馬の雪渓と並び称される日本三大雪渓の一つである。時期によって形が変わるので、その形が登山地図にも記載されている。当然、年によっても違うだろうから難物だ。

石転び沢雪渓

　白馬雪渓では、落石に打たれて死者が出る年もあるが、この谷にも遭難者を弔う石碑があった。登山者が少ないからあまり聞かないが、白馬と同等数の登山者があれば、犠牲はどれほど出るかわからない代物だ。昨夜来の大雨も、雪渓を溶かすことはできず、表面を多量の水が流れたのだろう、大雨の後の河原のように、スゲや小枝が散在していた。雪を割って、谷の水がゴウゴウと流れる。今の時期に一人で稜線まで行くのは無理だろう。雪渓を3分の1ほど登った辺りで、雲行きが怪しくなったのを潮に、下山することにした。

大きなアオダイショウ

キノコまで下りると、10センチほどある大きなナメクジが猛烈な勢いでくだんのキノコを食っている。ムシャムシャと音が出るようなすごい食欲だ。私もナメクジのピン伽ねするほど落ちぶれてはいない。毒キノコで死んでも知らないぞ！とナメクジに一応忠告する。その脇に大きな蛇がとぐろを巻いていた。だが頭を胴体の中に落とし込み、いぎたなく眠りこけている。蛇はとぐろを巻いて鎌首を持ち上げ、四方を睥睨する凛とした姿でなければ、絵に、いや写真にならない。失礼、少しポーズを取れよと、棒きれでつつき起こす。さらに長さの検分が必要だ。蛇はいやいや従ってくれたが、1．5メートルほどの大きな青大将だった。土佐ではネズミトリと呼び、ときには鶏小屋に忍びこんで卵を食うなど悪さもするが、屋根裏に住みついて米の大敵・ネズミを丸のみする有り難い農家の守り神であった。ナメクジもヘビも、つかの間の梅雨晴れを、それぞれのやり方で楽しんでいたのだろう。結局、今日の収穫はきくらげだけだった。

6月28日

午後から始まる講習会への途中、「いいで青少年自然の家」の看板が目に付き、寄ってみた。アカマツの大木に囲まれた丘の上にある、感じのいい建物である。話を聞いた施設の指導員は、山形の山岳会に入っていて山に詳しい。私が予定していたコースは、アップダウンの厳しい、登っているのか下っているのかわからないような尾根だ。予定にはないが、御西岳と大日岳の間は雪が多く、今の時期は通れないかもしれない。また、下の方で橋が流されているところがある等々……。これを知らずに登れば酷い目にあうところだった。講習会がある施設・「いいで源流の森」を上流へ2時間ほど行けば、大日杉登山口があり、途中の切合小屋(食事も出る)に泊まり往復すれば、1泊2日で登れますよ。

よし、これで後の日程は決まりだ。朝日岳の項で書いたクマの話も、この指導員に聞いた。

6月28日〜7月2日

講習会は座学もあったが、フィールドワーク中心だった。5、6名で1グループを作り、割り当てられた地域の集落を訪ねて人々に話を聞く、地域にある宝物(景観、文化財、大木その他の資料)を集める。それらを組み合わせて一つのツアー・一般募集で人を集め、それらの人々を楽しませ、同時に地域おこしにつながる農家民宿のようなシステム・プログラムを作る作業であった。出来たプログラムのプレゼンテーション・全員の前で発表して検討する。皆さん熱心で、徹夜組も出るほど面白い講習会だった。参加者は100名あまりで全国からきており、県の職員など地方公務員もかなりいたようだ。

飯豊《いいで》はもう、いいで

閉会式が終わるや否や車に飛び乗り、大日杉小屋目指す。新しく建て直された大きな山小屋だが、誰もいない。しばらく探して管理人を見つけると、素泊まり1泊1、000円なので小屋泊まりにした。

夕食を明るいうちに済ませて、明日に備えて広い部屋で一人早くから寝ていると、隣の部屋で管理人と知人らしい登山客が飲みだした。その男は、今日山から下りてきてリラックスしているようだ。他に客はいないので私も誘われた。2人とも酒が強い。最近の登山客はマナーが悪い。この辺りでは、山小屋の管理人は年寄り仕事と思われており、若い俺がやっているので陰口をたたく人もいる。だが、登山客の安全を守る立派な仕事だ。等々……とりとめのない話や、山登りの傾聴に値する話をしながら飲む。そのうち登山客持参の酒がなくなり、管理人が押入れを開けて、晩酌用の7合ほど入った一升瓶を取り出す。それも少なくなった。ここで「御馳走さまでした」では酒飲みの仁義にもとる。私も車に常備している残り酒・6合ほど入っていたのを取ってくる。明日はメインの登山を控えているので9時半頃寝たが、2人はまだやっていた。

二日酔いで頭が重い。空もどんよりと曇っていてあまり良くない。天候・体調とも絶好調とは言えぬまま、5時過ぎに小屋を出る。が、腹の中では途中から引き返すことになるだろうと思っていた。急な坂道を喘ぎながら、体をだましだまし登る。ザンゲ坂などという名の坂もあるのだからよくできている。10分も歩くと雨になったが、残念ながら小雨だ。しぶしぶと前へ進み、8時ごろ標高1、539メートルの地蔵岳に着いた。

ガスで遠くは見えない。ここから少しなだらかな道になるようだが、進むべきか戻るべきか、決断がつかないまま30分ほど時がたつ。そのうち雨が強くなる。しめた！　撤退だ！

下り道で会った二人連れが、もう少し行けばヒメサユリが群生していたのに、と惜しんでくれたが、それはもうどうでもいい。彼等は登山でなく山野草採り（盗り）だと臆面もなく言っていたが、どこにも不逞の輩がいるものだ。自然観察指導員の腕章をつけていないせいか二日酔いのせいか、何も言う気力がない。11時半ごろ大日杉小屋に帰り着き、管理人に見つからないようにコソコソと車を出して帰路につく。飯豊《いいで》はもう、いいで！

ブラジル見て歩き

ブラジリア(国会議事堂と上、下院議員全館)

9月末から11月はじめにかけて一ヶ月半のブラジルの旅をした。自然派の私は、未開の地や壮大な景観、動植物を求めて旅をするのが好きである。古代遺跡や歴史的建造物を巡る旅もいいが、それとは違った楽しみがある。

山の会の海外旅行では、大手旅行会社のツアーでは行けない辺境の地をずい分歩いた。しかしこの度は妻、娘と3人の個人旅行、しかも比較的期間が長く自由が利く。

インディオが催行する野性味あふれるツアーでは、アマゾンのかなり奥まで行くことができた。ギラマインス高原のシャパーダ(サバンナ)では、「この木の実は美味い」「これもいける」と、ガイドがしきりに勧める。それらの木の実をすべて食べ谷川の生水も飲んだが、腹をこわすこともなく生還できた。もっとも谷川の水は生暖かくてうまくなかった。谷の水は日本の清流に限る。世界三大滝の一つ・イグアスの滝も見事であった。

ともあれこの旅で見聞きしたことの一端をまとめてみた。

1、ブラジル雑感

ブラジルはまさに発展途上国である。近代的なたたずまいと前近代的なもの、富と貧困、高福祉と弱者切り捨て、それらのものが渾然としてひとつの国を作り上げている。ブラジリアの超近代的な建物、サンパウロでは整備されたビジネス街、しゃれたショッピング街の一方で、国際空港近くには掘っ建て小屋以下のスラムがある。田舎町にはフィリピンやネパールにあるような粗末な建物があり、アマゾン川のジャングルには大雨が降れば雨漏りしそうなニッパヤシ葺きの小屋に住んでいるインディオが居る。床板すらなくハンモックを吊るして寝起きしている。周囲の林を少し切り開いて主食のマンジョッカ（割合うまい芋）を植え、川魚を捕らえて食べる。川辺にある小船が唯一の現代との接点であり、布製の衣服をのぞけば原始の世界の住人とも言える。

この国の住人もいろいろだ。インディオ系、白人系（ラテン、アングロサクソン、スラブ、その他様々）黒人系、後から参入した東洋系。それぞれの血の混ざり具合で更に複雑な顔立ちが現れる。これらの人々がすべてブラジル人なのだ。どれが標準的なブラジル人の顔かと聞けば、俺が、私がと皆が言うそうである。

富や身分による差別もある。アマゾン川河口のマラジョー島の牧場で民泊したときのことである。フランス系の牧場主が使用者の子ども・インディオの少年に飴を与えるシーンを見た。床に放り投げて拾わすのである。その直後、ハグなどして可愛がっていたからまんざら悪意ではなく習慣なのだろう、その間に矛盾はない。植民地支配の残滓であり支配被支配のけじめなのだ。

国の福祉全体は知らない。が、サンパウロでは65歳以上は地下鉄、市バス、美術館などの入場料はすべて無料である。有名な観光地イグアスですら、市内と滝を結ぶ市バスは無料であった。（どーぞ、どーぞ）イドーゾ（高齢者）と言えばいい。日本人の私もずい分その恩恵にあずかった。しかし前出のインディオにどれぐらい福祉の手が伸びているか疑問に感じる。彼らは人口統計の数にも入っていないのではあるまいか。

義務教育について問えば、ある人は「ある」、別人は「ない」と答える。「最近、最貧層の就学率は高まっているが、14歳までの就学適齢期の子どものうち２００万人が文盲である」と地元紙が報じていた。学校は、午前・午後・夜の部（小学校には無い）に分かれていて好む時間を選べばいい。小学生の学習時間は1日にせいぜい数時間である。

また、あるインディオ系小学校の教師は、読み書きも大事だが子どもの頃から麻薬に手を染める子もいて、善悪を教えるのに苦労していると話していた。そういえば都会の引ったくりは、少年が圧倒的に多い。

2、旅・アラカルト

娘の住むサンパウロを拠点に、クイアバ（北パンタナール湿原、ギラマインス高原）、ブラジリア、ベレン、（アマゾン川河口）、マナウス（アマゾン川中流）に飛ぶ3週間の北の旅、数日骨休めをした後、イグアス、クリチバ・モヘチス・サントスなどを巡る南の1週間に分けて旅をした。それぞれの場所にお目あてがあり、期待にたがわぬ面白い経験をしたが全て話せば冗長になる。アマゾン川の出来事などを取り上げた。

マラジョー島

アマゾン川は広い、海のようだとよく言われるが、まさにその通りである。河口にあるマラジョー島は九州ほどの大きさの島で、定員1、000人ほどの連絡船で対岸のベレンから3時間あまりかかる。復路は風が出て白波が立ち、船は大揺れに揺れた。島では牧場でホームステイして、水牛の乳搾り、馬で牧場を廻るなどの生活体験や、周辺の自然をカヌーで観察するプログラムなどを体験した。

昼過ぎに現地に着いたが、4時頃から経営する牧場を案内すると言う。面積は8、

000haで使用人は季節によって異なるが15人程度、この辺では中規模だそうだ。牧場見学はその準備が大変だった。1973年に買ったという超おんぼろ車。窓ガラスはすべて無く、天井は鉄板がむき出しで所々に穴も開いている。1時間ほどいじくってエンジンはかかったが、次は補強。ゆがんでいる車体の幅に合わせて丸太を切り、天井にくくりつける。「ぼろ車で恥ずかしい」と言っていたので、「物を大切に使うのはいいことですよ」と慰める？　船と馬でことが足りる生活なので、一年に一度使うか使わないかということであった。他の農機具はもう少しましな代物であったが、すべて自分で修理して使っているという。それができなければここでの生活は成り立たないから厳しい。

乾季の牧場は、枯れ野と言っていい荒野である。その中を砂煙を巻き上げながら車は走る。所々にある林に寄り、アリクイ、大型のフクロウ、不死鳥と言っていたが本名ではないだろう、手塚治虫描くところの不死鳥に似た鳥を観察し、原野に住むカウボーイの家に寄り、明日出荷する牛運びの打ち合わせをする。野原に遊びに出ていた飼い豚が、夕方になり三々五々と帰ってくる。そのようなことをしていると帰りは暗くなってきた。おんぼろ車のライトは当然つかない。ほんのりと白く道らしきものは見える。突き当たる障害物も落ち込む窪地も無いのが勿怪の幸である。すっかり暗くなった中、何とか無事宿に帰り着くことができた。

自然観察は、川沿いに残る自然林、根が蛸足のように張り出したマングローブ林が舞台である。木の枝を切り開きながら小さな水路にカヌーで分け入り、ナマケモノを捕まえ、ホエザルの声を聞く。ナイトツアーは毒蛇探し。馬や水牛に乗り、カヌーで遊び、ワニのお留守中に川で泳いだ。この地のワニはメガネカイマンで人を襲わないというが、あまり気持ちのいいものではない。一日に二度、潮の干満によって川の水位が1mほど上下する。川の流れもその都度緩やかに方向を変える。水はなめてみたが塩辛くない。雨季にはかなり増水するという水も、この季節には関わりが無いのだろうか。疑問は次々と出てくる。風が吹き木陰は割合涼しいが、日中は暑くて動けない。ここは南緯1度28分、赤道直下といってもいい。何も無いこのような暮らしは私には向いている。

ジャングルツアー

中流域のマナウスはアマゾン観光の拠点で、多くのツアーがある。私はユースホステルに事務所を持ち、世界中の若者を相手に商売しているインディオの会社を選んだ。狩りをしながら8日間、ジャングルを歩くツアーもあるらしい。究極のサバイバルツアーともいえる。私たちが行ったのは、アマゾン川の支流ネグロ川、そのまた支流のウルブ（ハゲタカ）川である。支流と言っても馬鹿にしてはいけない、四万十川よりはるかに大きい。

バスで3時間、エンジン付きボートに1時間ほど乗り、ロッジに着いた。7～8mの高台にあったが、増水期にはロッジ近くまで水が来るという。ニッパヤシ葺きの小屋で、食堂の屋根に小鳥が巣を作っていて、餌を運ぶ毎に糞を落とす。煮炊きは薪を使ってかまどでする。明かりはロウソク、水道その他文明のにおいは何も無い。昨年まで泊まり客もだだっ広い部屋にハンモックを吊して寝ていたそうだ。目の前にはイガポー（浸水林）やジャングルが広がる。水の中に林が広がるなど、日本では想像もできない。その上、日の出には、林に差し込む光を通して、水面がきらきら輝く。ロケーションとしては抜群である。飲み水、パン、チキン、バナナ、スイカなどは船で持ち込んでいたが、他の食料は現地調達である。

ちなみに滞在中の食事は、朝はパン、マンジョッカ（いも）、パイナップル、バナナ、オレンジ、昼は白飯、炒め飯、マンジョッカ（いも）スパゲティ、チキン、キュウリとキャベツを刻んだもの、夜は白飯、炒め飯、魚（フライ、焼き物、煮た物）で毎回同じの粗食である。だが負け惜しみでなくこれが良かった。ブラジルは肉が安く、量も多い。ボトルの水が1～2レアル、缶ビール（350ml）が2～3レアルであればどちらを選ぶかは誰にも解る。胃も疲れるし、メタボリック症候群にもなりかかっていた。

我々が休んでいる間にガイドが仕掛けた延縄を夕方上げに行った。5cmほどの釣り針に太めの道糸をつけ、目印のペットボトルを結わえて近くの木にくくりつける。餌は15cm大の生きた魚である。70cmほどのピンガード（ナマズ）、60cm大のトゥクナレ（スズキ科の魚）をはじめ、8個の仕掛けに5匹食いついていた。これが我々の晩飯の餌になる。翌日は最初から付き合ったが、一回りしてくるともう初めに仕掛けたのに食いついていた。餌の魚が死ねば食わないそうだ。パンタナールほど数は出ないが、ピラニヤも釣ることができた。ピラニヤはから揚げがうまい。

ジャングルウオークにも行った。川岸から5ｍほど登ると後は平坦なジャングルである。大木が繁っているが意外と明るい。40～50ｍに伸びた上層林、中間の陽光を受ける中層林、わずかに残る光を求めて小木が育つ昼なお暗い密林のイメージではない。よく発達した板根（幹の下部の根が地上に出て、板状になったもの）を刀のような長いナタで打つと良く響く。インディオが狩りをするとき、合図にしていたそうだ。

水分を多く含んだ蔓があり、切り口から水がほとばしり出て十分のどを潤すことができる。乳液が多く出る木から乳液をとり、ミルクの代わりにしていたなど、インディオの知恵を学ぶ。マラリヤの解熱剤キニーネの採れるキナをはじめ、多くの薬用植物もある。葉を手にとって嗅ぐと、いずれも独特の芳香がする。植物に含まれるアルカロイドのにおいであり、人体に有効に働く。小さな毒蛇にも出合ったが、そっと追い払うだけで不必要な殺生はしない。ヤシの新芽を鋭く切れば魚を捕るヤスになり、広げて編み上げれば扇ができる。見るもの聞くものすべて新鮮で面白いが、暑いのには閉口する。汗かきの私などは直射日光が当たらなくても汗だくであった。

こんな熱帯のただ中にホタルが居ると信じられますか。暗闇に点滅する無数の明かり、恥を承知で聞いてみると間違いなくホタル。この時期にいるという。また、夜は定番のワニ狩り、ガイドが苦労して子ワニを捕まえた。ワニの指は前足が5本後足が4本、陸用と水中用と目を2つ持っているなど、現場で見ればなるほどと合点がいく。

二河川合流点

本流のソリモインス川（一般に合流点から下流をアマゾン川と言うらしい）はペルーに源流を持ち、アンデスの雪解け水を集めて流れるため水量が多く流れも速い。温度も低く、茶色く濁っている。一方、ネグロ川の源流はコロンビアで、浸水林の中を緩やかに流れ、水温が高く腐植質を多く含み色が黒い。この違いのため合流しても水は容易に交わらず、水量の多い雨季には数十キロメートルにわたり潮目をなして流れる。この二河川の合流点が観光の一つの目玉になっている。

マナウスの港からヤマハエンジンの小船で行った。水上に給油所があるのも珍しい。リスザルやワニなどを抱えた子どもを前面に、土産物売りのボートもやって来る。時速30㎞で飛ばせば30分でつく。確かに水の色は違い、くっきりと境目を作って流れている。手を漬けるとはっきりと水温の違いも感じられる。寒流と暖流の交わるところはいい魚場が発達することはよく知られているが、ここにも魚が多く、それを追って川イルカが集まる。あちこちでジャンプする姿をカメラに収めようと、船を止めてシャッターを押すが、動きが早くてうまくいかない。頭の中にしっかりとその姿をインプットしてその場を離れた。

余談になるが経済に弱い私でも、このごろの為替レートには驚いている。渡伯直後の9月末、少し前までは1レアル70円ほどだったが今は60円ぐらい、「いい時に来ましたね」と言われた。日本からブラジルまで往復の飛行機代など、事前に支払った経費もあるが、宿代、ブラジル国内の飛行機代などはその都度支払っていた。６００レアルの単位で引き出していたが、先日、四国銀行の利用明細書の一部が届いた。９月17日は６００レアルを得るのに、３５、０９０円を必要としたが、10月４日が３１、４５０円、10月12日は２６、７８６円になっていた。以後はまだ下がっている可能性があるが明細書はまだである。マナウスのユースホステルなどは、４ベッドの家族部屋、朝食つきで75レアルであった。75×60÷３で１人１、５００円。ずいぶん安いと思っていたが、45円で計算すれば、１、１３０円ぐらいになる。信じられない宿泊料である。もっとも、収入が日本の５分の１ほどのブラジル人にとってはさほど安くないかもしれない。また、観光地や都会のホテルなどは日本並みに値が高い。

バンタナール湿原

野生の掟

釣り客の帰りを待つギャングたち

オオアリクイ

ピラニア釣り

今日の収穫

ギマラインズ高原

毒へび用のブーツをはく

南米のへそ(南米大陸の中心地)

断崖が280キロほど続く

マラジョー島

現役の車だ!

農家民宿のスタッフ

あわれなナマケモノ

水牛ライド

ウルプ川ツアー

風呂も洗いあげも

イガポー（浸水林）

ジューシーな樹液

今夜のおかず

ナイトツアー

うちわ作り

二河川合流点

川イルカ

潮目

大きな板根の前で

写真撮らすよ！

イグアスの滝

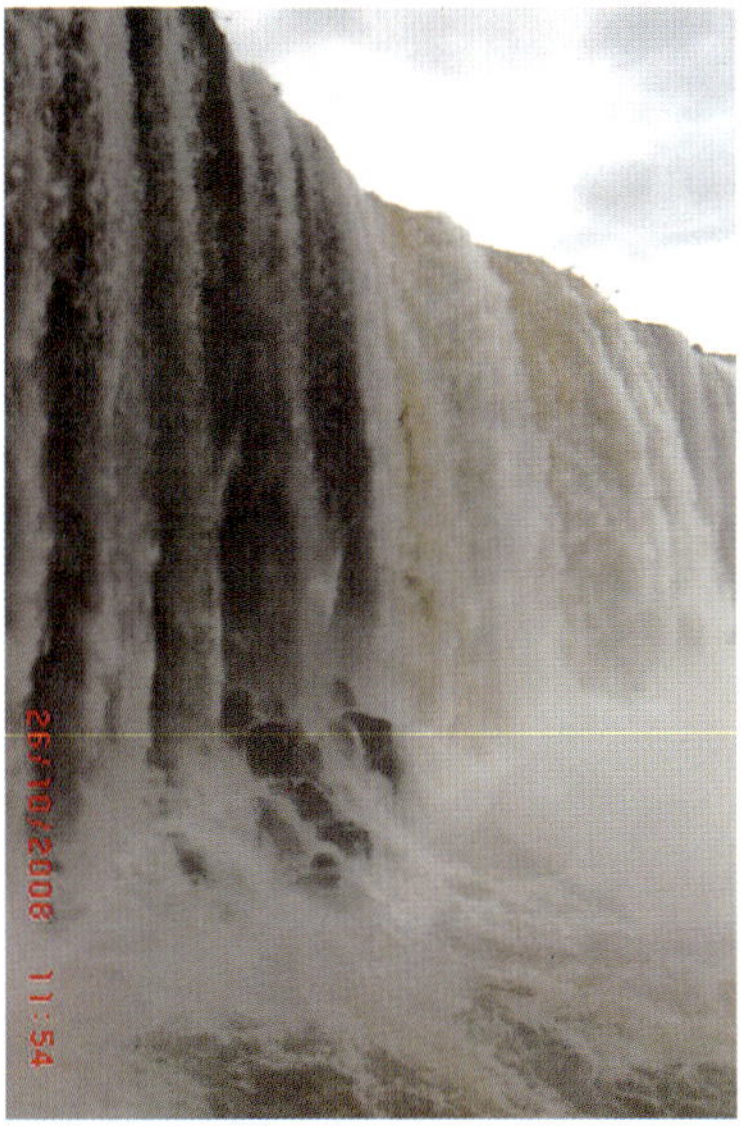

滝直下（ブラジル側）

遠景

怖じ気て乗れなかった

悪魔の喉笛（アルゼンチン側）

3、移民について

本年はブラジル移民100周年であり、一世・二世の日本に対する熱い思いをひしひしと感じる。6月に皇太子さまを迎えて行われた式典や、それに続く訪問先のフィーバーぶりを邦字新聞で見たが、まるで戦前に時代が逆戻りしたかの感がある。そして11月今なお連日、100周年に絡めて自らの苦労話や入植時の思い出話が次々と投稿欄を賑わせている。だが、一世・二世のフィーバーぶりに較べて若い世代の関心は、今一つ盛り上がりに欠けるように思える。

これをどう受け止めるか。百年という歳月の中で、日本人社会がブラジル社会に溶け込み同化しつつある証拠と解釈すれば、あながち悲観することもないだろう。だが同時に、日本人的な良さが雑多な文化の混ざり合ったブラジル文化の中に吸収埋没し、独自性を失って消失する兆しであるとすれば、先人の努力を無にするようで悲しい。

今後、日系人はどうあるべきか。サンパウロ人文科学研究所元所長・宮尾進氏の示唆に富んだ文章を目にしたので、ごくかいつまんで紹介する。

「これまで25万人の日本人が移住してきて、現在150万人の日系人が居るが、日本人コロニーやコムニダーデ・ニッケイ（日本人として共同意識を持つ共同体）に属する人々はその1割、15万人に過ぎない。移住80周年・1988年の調査から推計すると20年後の現在、三世の60%、四世の80%はすでに混血であり、五世、六世ともなればほとんど混血ばかりになる。このような時代に直面して、我々はどのようなことをすればよいか。

日本人移民の持ってきた日本文化の伝統的良き資質には、協調性、団結力、組織力、忍耐力といったようなものがあるが、ブラジル人も認めている正直、誠実、勤勉ということだけでもブラジル社会に浸透さし得たら、ブラジル社会も素晴らしい社会になるだろう。これらのことをブラジル社会の中に移植浸透させて残していくことである。その目的を達成する学校を作り、学校教育を通じて日本文化の優れたものを伝えていく努力をすることである」

移民百周年記念展示会場（ブラジリア）

人種の坩堝のようなブラジルで、日系人としての資質を失わず、かつ社会に溶け込んでいく方法はこれ以外に見出せないだろう。いやそれ以上に日本文化の良さをブラジルに根付かせようというのだから、更に積極的な考えであり全く同感である。

滞在中に10名ほどの一世・二世と話す機会があった。その中にサンパウロ近郊に住む須崎市出身のT氏（73歳）とO氏（68歳）がいる。ともに16～17歳の頃、伝を頼って単身渡伯し、ジャガイモつくりに生涯を賭けた。

彼らの経歴は一家揃って開拓移民として渡ってきた人々とかなり異なっている。いわゆる「コチア青年」というそうであるが、その仕組みはこうだ。日本人コロニーが築き上げたコチア産業組合という農協のような組織がある。最盛期には組合員1、600名を擁し、銀行を持ち、ブラジルの経済にも影響を与えていたという。その組織が彼らを受け入れ、日本人農業経営者（パトロン）に配布する。彼らはそこで働き技術を習得して独立する。銀行から融資を受け、農場（借地）、農機具などを揃え、ブラジル人労働者を雇ってジャガイモを作る。儲かれば土地を買いもするが、借地、自己所有地には余りこだわっていない。連作障害その他で主産地が移動するからだ。現在地より1、800㎞も北の地で10、000haの畑を経営したこともあるという。安芸郡田野町の面積が6、560haだから、県内最小面積の町とはいえ、その1.5倍でどれほどに広いか想像もできない。畑に蜃気楼が立つという。

ジャガイモ栽培は、植え付け、収穫期以外に人手を要しない。畑に管理人を置き自分は街に住んで、人の手配その他のマネジメントをする。農業従事者というよりは経営者である。雨の多寡、時の相場、資金調達の不調などで破産状態になることもある。ばくちと同じでそれを取り戻そうと、更に借金が膨らむ。強盗団に農機具をごっそり取られたこともあるという。

我々から見ればとてつもない大規模農業だが、この規模ですら大企業の参入には太刀打ちできず次々と廃業に追い込まれ、60年余り続いたコチア産業組合も13年前に倒産している。彼らも数年前ジャガイモつくりから撤退して余生を送っているが、面白い生き方で

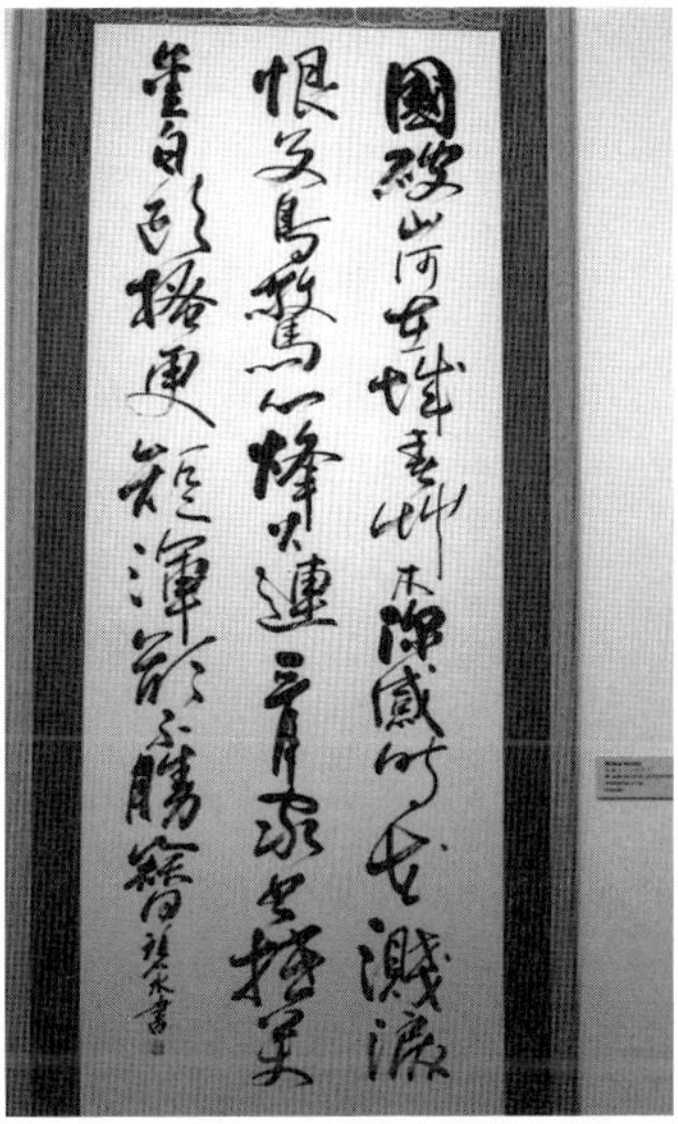

あった、悔いは無いと言い切る。またイグアスで会った三世運転手・トシトモ・シンカイ氏（66歳）は、1920年に祖父が来伯・四国出身という以外に日本のことは知らなかったが、旧土佐山田町新改あたりがルーツではあるまいか。

旅から帰って3ヶ月後、三山喬著「日本から一番遠いニッポン」という本を読んだ。朝日新聞社で13年間新聞記者をしたのち退職した著者が、フリージャーナリストとして移民問題に取り組んだ労作である。7年間もの間ペルーに在住して南米各地を歩き、移民の現状を調査したルポルタージュであるが、たんに移民問題にとどまらず、日本人としてのアイデンティティとは何か、外国に住むこと、その国に同化するとはどのようなことか、いろいろ考えさせられた。

これまで私などは、ブラジルのいわゆる勝ち組の人々は、無知蒙昧の輩・どうしようもない石頭の人々と思っていたが、「生きるよすがとしていた祖国・錦を飾って帰郷するはずの故国が敗戦により消滅する恐怖感。頭ではそのことを理解できても感情としては受け入れがたい」。そのような心境の帰結であるとすれば、ある程度理解できる。

しかし、戦前の教育・皇国史観そのままの思想や、負け組の同胞に対するテロに走った行為については是認できない。また、戦後生まれの政治家（屋）たち、右翼の連中が憲法改悪をもくろんでいるが、その思想と同一線上にあることが気にかかる。

一例をあげると、イビラプエラ公園の日本庭園内にある「開拓先没者慰霊碑」の管理をしていたT氏がそうだ。貧しい開拓村で、明治生まれの親父に戦前の教育をたたきこまれたと自慢していた75歳の二世である。「日本は皇室を中心に成りたつ国であり……」と自説をとうとうとまくし立てる。あえて反論もしなかったが、反論すれば火に油を注ぐことになるのは明らかであろう。

同著の裏表紙に次の文章が載っていたが、移民問題の課題が集約されていると思うのでコピーしておく。

南米になぜ、かくも大勢の日系人が存在するのか。
異文化の中で日本人であり続ける、とはどういうことなのか。
一方で、日本にいる異文化の人たちと、私たちはどう向き合えばいいのか……
「民族」というものを考える機会に乏しい島国の私たちが
南米の同朋から学ぶべきことは無数にある。
移民たちの日本史上の位置づけを、単なる「口減らし」に貶めないためにも、
その体験を生かす義務を私たちは負っている。

美化も同情もいらない。あるがままの百年史を知ること……。
その営みこそが、私たちと彼らの共有財産を築いていくに違いない。

4、余談

話が硬くなったので、最後に出入国の失敗談などでまとめよう。

出入国は難しい

成田発ブラジル行き・パンアメリカンは、ダラス・フォートワース空港で乗り換える。入国審査後ターミナルの2階で待つことや空港の配置図はネットで調べていた。3階に着いたが、すぐ下の2階への通路が見当たらない。待合室で待つには入国審査で一度ゲートをくぐり、チェックを受けたのち、再入国しなければならないことを知らなかった。他の乗客に付いていくと1階の荷物受取場まで降りたが、荷物はサンパウロで受け取ることになっているのでここには用はない。

2階への通路は?と、探しあぐねて空港職員が通ったあとを付いて行くと、他の職員が血相を変えて飛んできた。係員は次々と言ってくるが、何を言っているのか3分の1ほどしか判らない。あっちへ行け、こっちだと振り回された揚句、オールド・ジャパニーズ、無害だろうと判断され無罪放免になった。テロでピリピリしているアメリカである。そのまま拘束されても仕方ない行為だったと、今思えば無謀な行いにぞっとする。入国ゲートを通り再入国したが、靴を脱ぎ、バンドを外すなど厳重な検査で、成田とは大違いである。特に液体の持ち込みは厳重で、サイズが大きすぎると、サンクリームと化粧水を取り上げられて、妻はブーブー言っていた。

無事機上の人となり、サンパウロに着く前に入国査証を持ってきた。「ブラジル？アメリカ？」と客室乗務員が聞くので、ブラジルへ行くのだからとブラジルを貰う。これがブラジリアン用で、ポルトガル語なのでチンプンカンプン。判じ物だと思いガイドブックを手にしばらく挑戦したが、アメリカを貰い直す。英語をゆっくり読みながら記入していると、隣席のブラジリアンが書き方を教えてくれた。三十歳台の男だが、親切な人もいる。

帰りの飛行機がダラスに近づくと、ポルトガル語と英語で書いた入国査証を持ってきた。行きの轍は踏まないぞと、英語で書いた。ところが今度は、英語の書類はアメリカ人用で、ノン・アメリカンはポルトガル語の用紙だという。長い列に並びやっとたどり着いた審査ゲートを離れ、後ろにあるカウンターで書き直す。ポルトガル語に手を焼きながら書き終わり傍らを見ると、カウンターの上に日本語で書いたひな型がある。こん畜生ー。

再び列に並び順番が来ると、今度は関税申告書がないから駄目だという。申告すべき高額品は持っていないから不要だろうと、書いていなかった。またカウンターへ逆戻り。見かねた係員が申告書を書いてくれ、日本語のわかる係のゲートへ連れて行ってくれた。彼は冗談を言いながらテキパキと処理してくれて無事入国できた。

I'm appreciated of your kindness. Thank you.　判ったかな？

次はウエイティング・ルーム・2階への行き方だが、またまたそこへの通路がない。係に、トランジット（乗り継ぎ）、パッセンジャー（旅行者）と繰り返すが、通り抜けて左へ行けと言う。インフォメーションで聞いても同じ事であった。その先は出口だ。先ほどの面倒な手続きは、ブラジルからの出国とアメリカへの入国のものらしい。待合室で待つには一度ゲートをくぐり、アメリカから出国の手続きが要るのだ。靴まで脱いで出国検査になり、瓶に入っていた機内持ち込み品は取り上げられた。これはどう考えてもテロ対策ではない、経済的に苦しくなったアメリカ政府の陰謀で、観光客からみやげ物を取り上げる作戦に違いない。

機内は混んでいて妻とも離れた席だった。だが通路側の席が一つ空いていて、離陸すれば移ろうと狙っていたが、隣の女性（私の内側の席）が「私トイレが近いから……」と日本語で私に断り、さっさと移ってしまった。ブラジルの日系人団体が乗っていたが、その一人だろう。ポルトガル語で書かれたクイズのようなものをやっていたので、待合室で土産に買った正体不明の液体（見当はつけていたがポルトガル語なので分からない）を見てもらった。カサッシャー！　当たり！　ブラジルの安酒だ。さっそく水で割って飲んだが、ライム、砂糖、氷を入れたカクテル・カイピリーニャにしないと美味くない。昔の、アルコール飲料がフリーの時代の航空機が懐かしい。

二女弥生のこと

日本人がブラジルに集団移住して2008年でちょうど百年。これを記念して高知新聞社が「南へ…高知県人南米移住100年」という長期の連載(2008年元日号~09年3月)を始め、それをまとめたものが2009年に、同名の単行本として出版された。

その中に、弥生のことが紹介されているので、以下転載し、少し補足しておく。

(以下の全ての文章　高知新聞の記事)

邦字紙守る若者たち

リベルダージ地区にある日本人経営の店で日系人店員に日本語で話し掛けると「日本語分かりません」と返事が返ってきた。台湾人商店主が日本語で話し掛けてくる一方で、少し寂しい現象だ。

■読者数減少

戦後、サンパウロ市の邦字紙は三紙時代が続いてきた。日系社会のオピニオンリーダーとしての影響力、広報力に在外公館も一目置いていた。しかし読者数の減少などで1998(平成10)年、二紙が統合される形で二紙が残った。

日本の進出企業も邦字紙に広告を出さなくなった。二邦字紙の一つ、『ニッケイ新聞』の特別編集員、沖野伊名木さん(74)=旧高岡郡窪川町黒石出身=は「付き合いを重んじた一世は広告をよく出してくれたが、二世はまず費用対効果で『おやじはおやじ』となる。難しくなるばかりよ」と嘆く。

簡単な会話ができても日本語の新聞をブラジル人が理解するのは難しい。移民が途絶えた今、邦字紙の将来は暗い。「移民100周年は一世最後の祭り。広告は期待してるけど、もう後はないな」と寂しそう。「たとえ週刊になっても一世がいる限り(邦字紙を)出し続けないといけない。新聞がなくなったら日系社会は暗闇になってしまう」。

読者は高齢化しているが、邦字紙の記者は日本からやって来た意欲ある20—40代の若者たちだ。その中の1人、上岡弥生さん(31)=高知市介良出身=はもう一つの邦字紙、『サンパウロ新聞』で2007(平成19)年の2月から働いている。

大阪の大学を卒業後、英語教諭として伊野商業など3校で教えたが、「高校の時から海外に出たかった」夢を目指してロンドン大学に留学。そこで日系ブラジル人に出会った。「ハワイは聞いたことがあったけど、ブラジルに大きな日系会社があるとは教科書でも習わなかったし、全く知らなかったので衝撃的」だったと言う。2005年に初めてブラジルを訪れ、移民100年をこの目で見たいと移った。

■大きな温度差

ブラジルには全都道府県からの移住者がいて、それぞれ県人会がある。さらに経済、文化、福祉、スポーツ、芸能などの各種団体があり、「小日本」をつくっている。「一世は祖国日本との強いきずながあると思っているけど、日本ではブラジル日系社会の関心は低い。この相互理解に大きな温度差があることに気付いていない一世が多い」と上岡さんは指摘する。「出身をよく尋ねられる。共通の知り合いを探したり、何かつながりを見つけようという気持ちが強い」とも。

1997（平成9）年にNHKの衛星放送が受信できるようになり、一昔前では考えられなかった大相撲やナイターの生中継に一世たちは大いに喜んだ。インターネットも発達し、日本との距離は大いに縮まっている。

しかし技術革新の傍らで日本語を母語とする一世は減り続け、邦字紙はもはや風前のともしびだ。日本が近くなった現実より、一世の少なくなった寂しさが街角から伝わってきた。

記事にあるように、娘は最初イギリスにいたが、そこでブラジルの格闘技カポエイラに出会い、魅せられてブラジルに渡り、サンパウロ新聞に勤めることになった。

サンパウロ新聞社は8階建ての大きなビルで、娘は、8階にある管理人用の部屋を借りていた。と言えば聞こえがいいが、タイルが所々剥がれた殺風景な部屋で床板などはない、小学校の教室ほどのだだっ広い部屋だった。むきだしのコンクリート柱が部屋の中にあり、洗濯物など部屋に干しても十分に空間があった。窓の立てつけは悪く、隙間風が通り抜けて、滞在中はずいぶん寒い思いをした。湯の出があまり良くないシャワー室と粗末な申し訳程度のキッチンがついているだけの超シンプルな部屋である。

また、斜陽の新聞社には空部屋が多く、かっては社員食堂としてにぎわっていたという大きな部屋も、今はテーブル一つない空間となっている。一夕、その部屋で、娘の同僚友人たち20名ほどが集まり、自分たちの懇親会も兼ねた歓迎会のようなものを催してくれたが、長期滞在している日本人、日系二世三世、ブラジル人、他国からきている若者などが集まり、いろいろな話を聞くことができておもしろかった。

ブラジルで生まれれば、親の国籍を問わず誰でもブラジル国籍が取れる（日本国籍と二重国籍）が、条件が厳しくて、十数年滞在しても永住権が取れなくて不法滞在者が多い。だが、だれもそれに頓着していない、ブラジル人の気質、治安状態などなど……。娘も不法滞在者なので、イグアスの滝に行った時はアルゼンチン側には行けなかった。いや、不法滞在が発覚するのを恐れて行かなかった。おかげで私たちは、1日中、悪魔の滝つぼその他広大な滝周辺を、地図を片手に夫婦二人でさまよい歩く羽目になった。ブラジルでは観光地といえども英語は通じない。寄せ集めの少人数のツアーだったが、ガイドはポルトガル語で話すので、ツアーから離れて気ままに歩いたからだ。

１００周年前後は皇太子さまをはじめ、かなり多くの要人が訪伯して新聞社もにぎわっていたようだが、時勢には勝てず、先が見えないので、娘は数年前に退社して、今は日系会社に勤めている。

第39回安芸タートルマラソン大会と特定秘密保護法顛末記

「ラン」でも書いたが、表記の大会は昭和51年に、私が初めてランニング大会に出場した記念すべき大会であり、私のランニング生活の原点ともいえる。40回連続出場したのち、「安芸タートルマラソン40回連続出場」のタイトルで、華々しく「続ラン」の巻頭に登場する予定であった。だが、ある事情で「ラン」の続編を書くのが2年早まり、この章になった。

同大会は出場資格が男子40歳以上のため、走り始めが38歳と6ヶ月の私は1年後、第2回からの参加である。この大会の魅力は、ひなびた田園風景の中を多くの声援を受けてマイペースで走ることにあるが、あと一つ、節目の年に連続出場の表彰があり、あと後まで残る立派な

35年連続出場記念品

記念品があることだ。これを狙って多くの人々が連続出場を重ねている。

大衆マラソン揺籃期の第一回は、参加者わずか17名だったと聞く。その17名の中で、高知市のU氏と、昔、同じジョギングクラブ員だった闘志の塊のようなH女史が連続出場で残っていたが、本年の名簿に同女史の名前が見えなかったのが残念である。私の同期生・

30回連続出場の皆さん(2005年12月)

第2回からの参加者は、35回表彰の折り7名いたが、何人連続を続けられているだろう？かなり高齢の方も見受けられた。したがって、最初の40回連続出場の栄光はU氏のものだが、同氏は35回以降、距離を5キロに変えているから、このまま続ければ、10キロ40回連続出場は私が最初になるはずである。

平成25年の第39回大会の模様、また、同大会で以下述べるようなハプニングがあった。

私は、20年近く前から2、3日続けて走れば膝が痛むので、普段の練習は水中ウオーキングを中心とし、2、3ヶ月前から、週に1、2度のジョギング程度の走りで大会に備えていた。だが本年は、さらに輪をかけた練習不足に陥り、時間内の完走が危ぶまれる状態での参加であった。完走できなければそれはそれで仕方ない、ここらが限界なのだろうとあきらめるよりないと、弱気と言おうか、完走への意識もかなり低下していた。

当日は冬晴れの穏やかな暖かい日で、風もなく、スローペースのランナーにとっては絶好のコンディションであった。スタート前、顔なじみの走友と交わす会話も楽しく、話しているとベストを尽くしてみようという気にもなる。

スタートラインの最後の方に並び、スタートの合図を聞く。40回近く同じコースを走っていれば、それなりのペースはわかっている。多くの市民の応援に送られてゆっくりスタートを切り、イーブンペースで走っているうちに、遅いなりに徐々に調子が上向いてきた。安芸は岩崎弥太郎の出身地、弥太郎太鼓の応援や、大きな鯉のぼりをくくりつけた竹竿を振りながら声援してくれる面白い爺さん（私も後期高齢者ではあるが）、いつもの温かい応援や野良時計などの景色に励まされて快調に進む。

野良時計前

昨年はゴール前1キロほどでかなり疲れ、脚を引きずりながら走ったが、本年はそれもなく無事時間内にゴールできた。ちなみに、制限時間は1時間40分であるが、連続35回の節目の時は1時間14分34秒、38回目の今回は1時間14分59秒で、ほぼ同様のタイムである。これなら2年後にそれほどタイムは落ちないだろう、40回連続も可能だろうと胸をなで下ろしたことだ。

参考までに10キロのタイムは、日本のトップアスリートなら27分〜28分台、地方の陸連公認の大会に出るランナークラスであれば32分前後、大衆マラソンオンリーのジョガーであれば35分で速い方、40分を切るのが一つの目標であろうか。私のベストタイムは40分8秒で、どうしても40分をきれなかったが、40代の5、6年間は、42〜43分で走っていた。

同夜、体調が悪くて妻は臥せっていたが、40年連続のめどが立ったことを善として、一人家で祝杯をあげていた。だが、酒がまわるにつれ昼間のことを思い出し、むらむらと怒りが込み上げてきて、パソコンに向かい、高知新聞「声ひろば」の投稿を一気に書きあげ、コピーを取らず、ろくに見返しもせずに、送信ボタンを押してしまった。ところが、かなり編集者の筆が加わっているとは思うが、次の文が新聞に掲載された。

（2013年12月12日）

上岡積　77　高知市みづき

言いそびれた反対

12月8日、安芸タートルマラソン折り返し直前のこと。秘密保護法を推進してきた中谷元氏が走ってきた。私の前を走っていた人が「先生毎年ごくろうさんですね」と声をかけ、中谷氏もそれに応答していた。とっさのことで私は何も言えずにすれ違った。中谷氏は同氏の選挙区である安芸タートルマラソンには毎年参加しており、これまで私はよく前後して走っていた。

残念ではあるが、蟷螂の斧ではあるが、一言本人に反対の意思表示するチャンスであったのに！　まさか強行採決直後のマラソン大会に、中谷氏が参加するとは思いもよらなかった。これは同氏のみならず、自民党のおごり、国民無視の姿勢の反映と言えなくもない。

秘密保護法については、数の力で強引に成立させたとはいえ、粘り強く反対の声を上げ、政府・官僚の恣意に任せることなく、監視体制を強化することは言うまでもない。と同時に、数の力で強引に「決める政治」を標榜する安倍政権に次の選挙で痛打を浴びせることを期待したい。

新聞の反響はひろくて速い。２ヶ所通っている囲碁会の知人、高退協の仲間に会うと、「全くその通りだ、このような悪法を許すわけにはいかない」との反応が返ってくる。見知らぬ人からも共感・賛同のはがきが来た。余分なことだが、日本の郵便制度は素晴らしい。新聞投稿の住所は、町名までで番地はないが、番地のない私宛のはがきがきちんと配達されていたのだ。もっとも、これは高知市が単なる田舎である証拠か？

これだけのことなら面白くも可笑しくもないが、１週間後、中谷元氏の奥さまの次のような投稿が「声ひろば」に載った。彼らなりに反対の強さに焦っている証拠だろうか。

妻として反論します

（2013年12月20日）

高知市介良　中谷美弥子　53

中谷元が、特定秘密保護法成立直後のマラソン大会に出場していたのは、「おごり、国民無視の姿勢の反映と言えなくもない」とのご意見が本欄に出ておりましたので、妻として反論申し上げます。

6日金曜日に可決し、翌土曜日、私も一緒に高知へ帰りました。さすがにあれだけの反対報道があったので、羽田の人混みを見て一瞬ひるみましたが、驚くほどたくさんの方が、会釈や笑顔を向けてくださいました。動く歩道ですれ違った老夫婦はさっと帽子を取り、「マスコミに負けないで頑張ってください」とおっしゃった後、深々とお辞儀をしてくださいました。

翌日曜日は、マラソンの後、これも主人が提案責任者で、今国会で成立したアルコール健康障害対策基本法の報告会に出席のため、そのまま岡山へ直行しました。

翌月曜日は、税制調査会で、主人が森林環境税のことで激しい議論の末、官僚案をひっくり返したところを見ていた若い国会議員から「いつも穏やかな中谷さんが怒ったら空気が一変して執行部があわててました」と言われました。このように主人は、間断なくいくつもの政治課題に全身全霊で取り組んでいます。

日米安全保障条約締結の時、今以上の国民の反対がありましたが、結果はどうでしょう。今回の法律も国民の安全を守るために必要があって作ったものです。50年後、私たちがいなくなっても、子や孫やひ孫がいます。彼らが恥になるような法律を主人が作る訳はありません。

これにも近所の顔見知りの人から「あの奥さん可笑しいんじゃない？　全然反論になってないのに」と話しかけられたが、この法案には多くの国民が反対していることが実感できる。これに再反論するのも大人げないし、泥仕合のようなやり取りを新聞社が取り上げるとも思わないが、酔っ払って書き、掲載された私の投書の原文が舌足らずだったように思うので（コピーを取っていないのでどの程度修正されているかわからない）、反省の意味を込めて、次の文を再び投稿した。

それでも反対です

上岡積　77　高知市みづき

先日の私の投稿に、中谷元氏の奥様から反論があった。要旨は「猛烈な反対があった日米安全保障条約も、信念を持って締結した政治家がいたおかげで今の日本の繁栄がある。中谷氏も信念を持って国事に奔走している」ということだろう。同条約の評価は、日米安保体制下の沖縄、これが独立国かと疑われるような日本の現状をどのように見るかで見解が分かれる。

それはさておき、秘密保護法の危険性については、多くの識者、新聞社が指摘しているが、単純な私は次の3点に尽きると思う。

1、アメリカ軍と一体となって軍事力を強化するためには、軍事秘密が絶対に漏れないような措置をする必要がある。

2、石破自民党幹事長がいみじくも本音を吐いたが、国民の正当な抗議行動を、故意にテロとみなして弾圧する根拠とする。

3、マスコミに圧力をかけて、自由な報道を抑圧する。

権力を持たない国民は、新聞その他の報道機関から得た情報で物事の善悪を判断し行動する。この道が断たれれば、民主主義、国民が主人公の社会が消滅し、自民党がよく宣伝している北朝鮮のような独裁国家になってしまうだろう。その分岐点が今で、秘密保護法の手足を縛るか廃棄するしかない。このような時期、強行採決直後でなければ、中谷氏の地元マラソン大会参加は、マラソン愛好者の一人として歓迎する。

特定秘密保護法のみならず、安倍内閣のやることなすこと、すべて日本を危うくする方向に向かっていることばかりと思える。大災害への備えが不完全なばかりか、核廃棄物の処理技術が未確定な原子力発電の再開、軍事力に頼った国の安全保障、大企業優遇の税制、福祉の切り捨て……数え上げたらきりがない。

この内閣を支持する人たちも、目先の利益に惑わされることなく、大局的な目で国の進むべき道を見据えて選挙に臨んでもらいたいものだ。

私の再投稿は採用されなかったが、ここでこの章は終わるはずであった。ところが奥さまの投稿に反論と共感の立場で、次の二つの投稿が掲載された。同法に対する県民の関心の深さがうかがえる。

秘密保護法廃止進言を

（２０１３年12月27日）

高知市愛宕町　竹田昭子

20日付本欄の中谷元議員の奥さまの投稿「妻として反論します」を読み、政治家と市民の感覚の違いを強く感じました。

奥さまは、国民の多くの反対を押し切って締結した日米安保条約を評価しているようだが、安保にはいまでも根強い反対がある。沖縄は、今もこの安保に翻弄されている。自分たちの子や孫の世帯のことを考えるのなら、今からでも特定秘密保護法を廃止するようにご主人さまに進言なさることを提案申しあげる。

ご主人さまが、筆頭として関わった特定秘密保護法には、戦前の治安維持法をぶり返しそうな空恐ろしさを感じる。今なぜ特定秘密保護法なのか、真意がわからない。また、中谷氏が関わっている自民党の憲法改正草案も、国民の権利や自由を制限する方向に進んでいる。要注意だ。

「自由は土佐の山間より」という民権運動発祥の選挙区から選出された国会議員が、この法律の制定に関わったことを残念に思う。当選8回の中谷氏は、地位や身分に安住しているのではないか。もっと謙虚に県民の声を聞く必要があると思う。

（2013年12月27日）

高知市横内　岸本繁一

特定秘密と論評

特定秘密保護法。メディアは知る権利から同法の問題点を定義し続けている。

その中で、12月20日付本欄に中谷元議員の妻の「妻として反論します」が掲載された。同文中の「50年後私たちがいなくなっても、子や孫やひ孫がいます。彼らが恥じることになるような法律を主人が作る訳はありません」との文言に言いようのない感銘を受けた。同時に、なぜ、このような反論をせざるを得ないのか考えさせられた。

その原因は、同法の「目的」と「手段」のうち、手段に偏重しすぎた識者の論評にあると思う。特定秘密の目的は、安全保障において「秘密戦」と言われる情報の防諜や諜報などとも関連する。そこには、「目的の正当性」が「手段の正当性」に優越する国際政治の冷徹なマキャベリズムがある。為政者に知る権利侵害以上に優先する国益の評価の能力が求められるゆえんである。

また特定秘密は、集団安全保障を基本理念とする国家安全保障戦略にも関連する。このため、秘密指定は、関係国に共通するグローバルスタンダード的な思考への理解も必要である。

結果責任の視点からは、秘密解除の際の国益に対する評価の制度化も求められている。しかし、識者の論評には、管見の限りこれらへの論究が少ないように思う。県民の理解を進化させるためには、同法の目的と手段を含めた総合的な論評が望まれる。

まだこの後がある。

高知新聞が、中谷元氏に4時間半にわたる長時間のインタビューをして、特定秘密保護法について同氏の考えを(12月21日と22日に)記事にした。1ページの全面、2日かけて合計2ページの記事で、内容は新聞社の質問に応答する形であったが、同社の主張も織り交ぜた詳しいものであった。

その内容を見て、戦後生まれの国会議員・中谷氏が、悲惨な戦争の実態を知らず、治安維持法を根拠に国民を弾圧した軍部優先の暗黒政治の恐ろしさを学んでいないらしく、明治憲法、皇国史観に基づいた天皇主権の国へと舵を採りかねない時代錯誤ぶりに恐ろしさを感じた。同時に、何が秘密なのかその内容などを自民党内で掘り下げて検討した様子もなく、上っ調子な見方で物事を判断して秘密保護法を推進してきたと思うと、恐ろしさを通り越してむなしさすら覚える。

だが県民は聡明である。ただちに次の投稿があった。

中谷議員の本音

清岡　喬　安芸市伊尾木

（２０１３年12月30日）

12月21、22日付本誌に特定秘密保護法に関する中谷元議員とのインタビュー記事が掲載された。初回の記事を読んで、いろんな質問に対して、中谷氏がまるで人ごとのように「そうですね」とか「…するんでしょうね」としか返事していないことに、妻と「じっきに高新に投書や反論が出るわ」と話したことだった。

今回のインタビューほど中谷氏の本音を引き出した記事はありません。高新の核心を突く、あるいは矛盾の説明を求める質問は、私たちの疑問そのものです。

しかし、例えば内閣官房の秘密保護法の遂条解説への質問では「もう去年、こんなのできてたの？」「なんで去年、できているんでしょうね」という程度の返答しかありません。中谷氏がいくら頑張って政務にまい進しているとはいえ、しょせんは官僚の蚊帳の外です。他にも同様のはぐらかし、またはっきりしないことがたくさんあります。これは記事を読んだ人が一様に感じていることだと思います。こんな曖昧なことで法が成立し、勝手気ままな解釈が私たちに適用されるとしたら、先々どういうことになるのでしょうか。

「決断する政治」を支持しますが、それは憲法の下で国民第一のことを決断してほしいということで、決して現内閣が進めている政治政策のことではありません。

秘密保護法の本質

南国市陣山　永友　毅

本紙朝刊21日、22日連載の「特定秘密保護法」中谷元議員へのインタビュー記事を読んで、改めて強い危機感を持たれた方も多かったのではないでしょうか。先の国会における森雅子（同法担当大臣）もそうですが、二転三転するあやふやな答弁しかできないのは、この法律の内容がどうにでも解釈できるから。器だけで中身がカラであるだけではなく中心が存在しない欠陥品だからなのです。国防上の機密漏えいを守りたいなら、ハッキリと法案で定義して限定すべきです。

「秘密保護法」に賛成されている方は、当該法文第5条の4項、第8条、第9条をぜひ読んでいただきたい。

さて、秘密保護法を「知る権利の侵害」だけに矮小化していると、背景にある本質が見えなくなります。「木を見て森を見ず」です。この法律は、日本版NSCと表裏一体の関係というだけでなく、国家戦略特区法や産業競争力強化法、そしてTPPとも密接な関係があり、CSIS（米戦略国際問題研究所）の肝いりで行われたことが透けて見えてくるのです。

であるならば、今後は、規制緩和という美名のもとに外国資本の参入や経済活動が野放しに優遇され、合法的に日本人の富や所得、労働力が根こそぎ奪い尽くされる可能性も高くなるのです。将来の日本を担う子どもや孫の世代に「ブラック企業大国」や「いつか来た道」を提供してはいけません。この法律は、修正ではなく廃止すべきです。

年末に兄と会ったとき、2、3世間話をした後、「新聞を見た」と、話題にしてきた。どの程度がわからないが、新聞社の手が入っていると思うと気が乗らず、当たり障りのない受け応えをしたのが悔やまれる。それが兄と会った最後で、3ヶ月もたたないうちに、癌で亡くなってしまったからだ。享年80歳であった。

本人は、半年ほど前に癌であることを知っていたが、延命治療はしないと決めて、息子や2．3の親友には知らせていたようだが、私たちきょうだい(姉、妹、私)や、近くに住んでいる叔父も叔母も誰一人知らなかった。12月に会ったときも元気そうだったので、訃報を聞いてもにわかには信じられなかった。知っていても病気に対しては何もできないが、それなりの対応のしようはあっただろうに。

だが本人が決めたことであり、とやかく言うことではない。臨終に際しても特に苦しまなかったと聞き、安らかな死に顔を見ると、変に同情されることもなく、慰められることもなく自分の始末をした、これで良かったのだろう。潔い往生であり、むしろ羨ましいくらいだ。

これから、安芸タートルマラソンに何回出られるかわからないが、その都度、秘密保護法騒動と兄のことは思い出すだろう。

(追記) 最後になるが、この章を書くにあたって、新聞に投稿された方の取り扱いで悩んだ。小範囲に配るとはいえ、私的刊行物に、ご本人の承諾を得ず、その氏名を使わせてもらうのは心苦しい。著作権の取り扱いについて調べたところ、「引用」は出典を明示すれば本人の許諾は必要ないということだったので、新聞掲載情報にある実名を入れさせていただいた。

おわりに

「らん・ラン・ＲＵＮ」のおわりに、に

『継続は力なり

終生これ現役

この二つの言葉を胸に刻み込んで、次の20年に向かってファン・ランを続けようと思っています。』

と書いたところ、ランニングの先輩から、「気持ちはわかるがあまり無理をしなよ」と言われたことがある。この年になると、この忠告がよくわかる。

最近のトレーニング？は、45分の水中ジョギングと３００メートル前後の水泳が中心だが、これを３日も続けると疲れがたまってくるようになった。冒頭に書いたように、フルマラソンを走りきるトレーニングもそれをする気力も次第に薄れている。畑仕事でも、昔は一日中鍬を振るっても平気であったが、今はそうもいかない。これが78歳という年であろう。

幸い、高山や日数の掛かる縦走を除き、日帰り登山であればまだ標準タイムで山登りはできる。また、不整脈その他で月一度病院に通い薬も飲んでいるが、まあ健康な部類であろうと自分では思っている。この調子がいつまでも続くとは思わないが、できれば米寿に「続々 らん・ラン・RUN」を書ければいいなと、夢のようなことを考えている。

このたわごとを胸に次の10年をしぶとく生きてみよう。

昔、私は「日本人男子の平均寿命・約80歳を過ぎれば、店じまいをしてもいい」と公言していた。予定の変更で少し恥ずかしいが！

Kamioka Tsumoru

上岡（旧姓　横山）積　略歴

1936年　京都府加佐郡舞鶴町（現舞鶴市）に生まれる

1945年　父の郷里・高知県安芸郡田野町に帰郷

1949年　叔父夫妻と養子縁組・高知県安芸郡安田町に転居

1959年　高知大学農学部卒

1962年　中学校臨時教員を経て高知県立高等学校教諭
幡多農業高校、窪川高校大正分校、大正高校、高知農業高校に勤務

1997年　高知県立高校教諭を退職
ランニング、トライアスロン体験記「らん・ラン・RUN」を出版

2015年　森林ボランティア、個人旅行体験記「続 らん・ラン・RUN」を出版

続 らん・ラン・RUN

楽しく旅して18年

発行日：2015年1月8日
著　者：上岡　積
発　行：（株）南の風社
〒780-8040　高知市神田東赤坂2607-72
Tel：088-834-1488
Fax：088-834-5783
E-mail:edit@minaminokaze.co.jp
http://www.minaminokaze.co.jp